De profundis - Liebesbriefe aus einer Abtei

Für Pater Victor

Horst Michalzik

De profundis - Liebesbriefe aus einer Abtei

© 2009 Horst Michalzik

Herstellung und Verlag:

Books on Demand GmbH, Norderstedt

ISBN 978-3-8370-6936-5

Bei uns im Kloster fängt eine richtige, ehrliche und ehrenvolle Krankheit mit dem Ableben des Betroffenen an. Alles andere deutet ein wenig in die Grauzone, die aus Vorgeben, Vormachen, Täuschen und vielleicht Missdeuten besteht. Da mag der eine Bruder in seiner langen Zeit in den Mauern der Abtei doch des sehr frühen Aufstehens überdrüssig geworden sein. Der andere ist vielleicht ein wenig in die Jahre gekommen. Ihm wird die Gartenarbeit zu schwer. Das Wetter setzt ihm zu. Er gräbt möglicherweise gerade seine Scholle um, wenn die Glocke zur Hore ruft. Er muss die Kutte schürzen und eilen, denn die Regel befielt ihm, auf dem Weg zum Gottesdienst nicht zu zögern und zu zaudern. Ein anderer sitzt in der Bücherei und ist in Aristoteles versunken. Es stört die Unterbrechung in hohem Maße. In der Winterzeit, wenn es im Refektorium oft recht kühl ist, wünscht sich so mancher Bruder die Suppe ans Bett, besonders wenn er in einem Alter ist, in dem das Zipperlein an den Gliedern reißt. Ich unterstelle Nichts. Aber eine Krankheit kann manchmal sehr gelegen kommen. Dann ruht die Gartenarbeit, dann bleiben im Winter eben die 11 000 Apfelbäume mal ungeschnitten, da wird vom Aristoteles noch eine Seite und noch eine gelesen. Da wartet man nicht im Refektorium, bis der Abt das Zeichen zum Setzen gibt. Da ruht man mal aus von seiner Mühe, noch bevor man in Gott gestorben ist. Nach einer Woche geht man gestärkt in den Garten und den Gottesdienst, haben doch die Brüder mit warmem Bier und guter Nahrung das Gespenst der Grippe vertrieben. Aber ist das im Sinne des heiligen Benedikt? Ich bleibe dabei, eine vernünftige und nachvollziehbare Krankheit endet nicht mit dem schlichten Genesen, Aufstehen, frisch Beginnen. Sie führt notwendigerweise auf den Innenhof, auf dem die schlichten Grabmale stehen, sie führt zur Ruhe in

Gott im festen Glauben an den Jüngsten Tag und die gerechte Belohnung für ein Mönchsleben volle Entbehrung und Gehorsam, voller Schlichtheit, Demut und tätiger Nächstenliebe.

Wir haben derzeit nur einen Gast im Kloster, einen Laien, ein putziges Kerlchen, bescheiden, bemüht und trotz des nicht eben schönen Wetters gut gelaunt. Der kam an seinem zweiten Tag zu mir, schützte absolute Schwäche und Erschöpfung vor und bat mich, ihm ein Medikament gegen Grippe besorgen zu lassen. Ich beauftragte unseren Fahrer. Der brachte das Gewünschte auch an, und die gute Frau Jasper aus der Küche hängte die Pillen an die Tür des einzigen bewohnten Gastzimmers. Tags darauf kam der kleine, untersetzte Mann erneut zu mir, um sich zu bedanken, gab an, seine Beschwerden wären zu zwei Dritteln abgeklungen. Ich war sehr freundlich zu ihm, aber es blieb der Vorbehalt, dass ich ihn mehr oder weniger für einen Simulanten hielt, für ein Weichei, einen Warmduscher, wie man heute umgangssprachlich wohl sagt. Den wahren „Dank" erhielt ich drei Tage später. Er saß am Frühstückstisch, hatte sich einen Tee zubereitet und eine Scheibe Vollkornbrot mit Käse belegt, als ich auf dem Weg von der Küche zur Pforte an ihm vorbeikam. Ich wollte ihn lediglich fragen, ob sein Appetit wieder hergestellt wäre. Da blickte er mich einen Moment an, sodass ich die Kapuze über den Kopf zog, wie ich es immer tue, wenn ich verunsichert bin. Ob die Piusbrüderschaft der ganzen katholischen Kirche schaden könnte, wollte er wissen, ob der Heilige Vater vielleicht doch von den Konzilsbeschlüssen fortstrebte, ob ein echter Ruck in die konservative Ecke nicht die Jugend vom Glauben abhalten könnte. Ich streifte die Kapuze ab, schaute ihm fest in die Augen und nahm kurz und im Zusammenhang Stellung, erläuterte schließlich, dass die Glaubenskongregation sich sehr ernsthaft mit einer möglichen Aufsplitterung der

Kirche beschäftigte. Worauf dieser Mensch sich seinem Tee zuwandte und in seinen kaum vorhandenen Bart brummelte, dass die dort in Rom wohl nichts Besseres zu tun hätten, ob das wohl wirklich die Probleme der hungernden, frierenden und unmoralischen Welt wären. Nur einen Augenblick geriet ich aus dem Gleichgewicht, war erschrocken ob dieser offenbaren Ignoranz. Ich zwang meine zitternden Hände zur Ruhe, widerstand dem starken Impuls, mir die Kapuze über den Kopf zu ziehen und nahm ihm gegenüber am Tisch Platz. Welche Werte wohl in seiner Welt gültig wären, begehrte ich zu wissen. Wenn man nach der Zeitung ginge, dann kämen wohl nur noch Macht, Reichtum, Schönheit und Gesundheit im Sinne von Wellness infrage. Was hätte die Menschheit, besonders die abendländische Kultur, nur angestellt mit überlieferter Moral, die nicht nur aus Vorschriften und Strafe bei Verstoß bestanden hätte, sondern auch aus dem inneren, festen Glauben, das ein gutes und gerechtes Handeln und Denken Balsam für Leib und Seele wären. Der Gast setzte behutsam und bedächtig die Tasse an seine Lippen, nahm einen tiefen Schluck und entgegnete dann, dass es sehr wohl Menschen auch außerhalb der Klostermauern gäbe, denen Ethik und Moral Anliegen wären. Vor einem halben Jahr erst hätte er einige Wochen zusammen mit einem promovierten Superintendenten der evangelisch lutherischen Kirche gearbeitet, um einen kleinen Band herauszubringen mit dem Titel „Gesellschaft ohne Strafe". Darin hätten sie ausgeführt, dass eine Strafe als Abschreckung nur in primitiven Gesellschaften nötig wäre, dass eine Korrektur von gesellschaftlichen Abweichlern durch liebevolle Zuwendung allemal sinnvoller wäre und nachhaltiger. Strafe wäre immer mit Gewalt verbunden und somit darauf angelegt, eine Spirale der Gewalt auszulösen. Indes lägen zwischen Wollen und Können derzeit noch Welten. Er erzählte in seiner ruhigen Art von einem kleinen Jungen, der an der Schule noch kleinere Mädchen durch Tritte in den Bauch gequält und erpresst hätte, ihm ihr Taschengeld auszuhändigen. Die Sache wäre aufgeflogen, als die Sparbücher der Mädchen geplündert gewesen wären. Um die geschockten Mädels, die sich nicht mehr alleine ins Dorf wagten, hätte sich niemand gekümmert, wohl aber um den missratenen Knaben. Der wäre von der Schule geflogen, hätte das aber nicht als Strafe empfunden, sondern eher als Belohnung, denn er hätte sich eine andere Schule selbst wählen dürfen. Seine Mutter hätte nicht gewagt, ihn zur Rede zu stellen, denn er hätte schon aus geringerem Anlass das Fernsehgerät eingetreten oder ihr eins mit einem Knüppel von hinten über den Kopf gezogen. Ich schauderte. Jeder Gedanke an derartig widersinnige Gewalt verursachte mir körperliche Schmerzen. Also bat ich ihn, mich auf einem Spaziergang zu begleiten, hinüber zur Gärtnerei und weiter zu den Apfelbäumen. Ich gedachte, ihn mit wahren Geschichten aus dem Klosterleben auf andere Gedanken zu bringen. Er wäre, glaubte ich fest, den Versuch wert, ihm Liebe, Milde und Fürsorge beizubringen.

Wir gingen am Innenhof der Klosterkirche vorbei, an dem Brunnen mit den vier Löwen, der uralt war, dessen Herkunft sich in der Vergangenheit verlor, und von dem Leute sagten, er stammte aus Sardinien. Der Gast fasste meinen Arm, sodass ich mir die Kutte über den Kopf zog, blieb gedankenverloren stehen, und ich musste es ihm gleichtun. Er schien sich irgendwie zusammenzuziehen, voller Konzentration versammelte er sich um sein Ich, um eine feste Mitte. Während ich schwieg und wartete, begann er, zu sprechen, oder besser, vorzutragen. Nichts ist, begann er, wenn es nicht im Bewusstsein des Menschen ist, in seiner Sprache sich ausdrücken lässt. Den Brunnen, den hätte er oft gesehen, in seinen Träumen.

Aber das könnte durchaus daran liegen, dass er ihn zuvor auf Fotos bewundert hätte. Jetzt aber, im direkten Anblick des Meisterwerkes, fiele ihm die Geschichte wieder ein, die so oft seine Träume besetzt hätte, lustvoll oder mir Qualen behaftet, aber immer wieder dieselbe. Der Gast bat mich, auf einer Bank im Rosengarten neben ihm Platz zu nehmen, und ich folgte gern, streifte die Kapuze ab und hörte andächtig zu.

Die Erzählung des Gastes

Vor langer Zeit hätte an eben diesem Brunnen eine wunderschöne Frau gesessen, fuhr der Gast fort. Es mochten an die 1000 Jahre seitdem vergangen sein, denn die Kirche war im Jahre 1039 gewicht worden. Die junge Frau, eigentlich noch ein Mädchen, ein Kind, das eben begann, aufzublühen, diese Frau hatte hellblonde Haare, die mal golden schimmerten, mal eher weiß. Sie trug ein langes Leinenkleid, das etwas über der Mitte geschürzt war, sodass die Raffung ihren festen, ebenmäßigen Busen zu stützen schien. Sie saß in anmutiger Haltung auf dem Brunnenrand, hatte eine Hand auf einen der Löwenköpfe gelegt und die Beine übereinandergeschlagen. Ihre leuchtenden blauen Augen hatte sie auf einen Mönch gerichtet, der steif und aufrecht neben ihr stand, eine mächtige Gestalt in der Kutte der Benediktiner, die Hände vor der Brust gefaltet, unter dem dünnen Stoff, die Kapuze keck halb auf dem Schädel. Sie begann zu sprechen, und der Mönch lauschte angespannt, neigte den Oberkörper vor, blickte auf ihren schönen Mund, als wollte er die Worte dort zusätzlich ablesen. Sie streckte ihren Arm aus, um auf den mächtigen See zu deuten, das Maar, das nahe lag, nur wenige Hundert Meter entfernt. Dort hinein hätte ihr Vater den goldenen Krug geworfen, den ihm einst seine Geliebte geschenkt hatte. Er wollte nicht mehr daraus trinken, nachdem sie gestorben war. In diesen See werde auch sie steigen, um jämmerlich zu ertrinken, denn sie hielte die schrecklichen Nächte mit dem alten Kurfürsten nicht mehr aus. Vor einem Jahr wäre sie als Hofdame von der anderen Seite des Maares hierher gekommen, um der Kurfürstin eine treue Dienerin zu sein. Aber bereits nach wenigen Tagen wäre sie Zeugin gewesen, als die hohe Frau es mit zwei Knappen in ihrer Kammer getrieben hätte. Es wäre nicht ihre Absicht gewesen, zuzuschauen, aber als sie den Gang hinuntergegangen wäre, hätte die Fürstin geschrien wie ein schlecht gelaunter Hahn, hätten die Pagen gegackert wie besoffene Hühner, hätte sie einen Blick riskiert und Unaussprechliches sehen müssen. Nackte Ärsche, ineinander geschlungenes Fleisch und nasse Haarbüschel an Bäuchen. Der Mönch schüttelte unwillig und empört das Haupt, strich die Kapuze in den Nacken, unterbrach sie aber nicht.

Das wäre der Anfang ihrer Leidensgeschichte gewesen, erklärte sie mit zitternder Stimme, helle Tränen in ihren schönen Augen. Noch in derselben Nacht wäre der Fürst zum ersten Mal zu ihr in die kleine Kammer gekommen, hätte kein Wort gesagt, sein altes, kleines, schlaffes Glied ihr hingehalten, damit sie es streichelte und unbeschreibliche Dinge tun müsste. Immer schlimmer wäre es geworden, besonders in den Nächten, in denen der Herr betrunken gewesen wäre und manchmal einen oder mehrere Saufkumpane mitgebracht hätte. Sie schwieg, schluchzte nur noch, stützte ihr Kinn in die Handfläche, während der Mönch sich stark räusperte. Sie erhob sich, griff nach den Ärmeln der Mönchskutte, klammerte sich fest, blickte auf in das verschlossene Gesicht des großen Mannes und erklärte fest und entschlossen, dass niemand, auch er, sie nicht daran hindern könnte, sich im See zu ertränken, denn sie könnte die Schande nicht länger ertragen.

Der Mönch löste sich vorsichtig aus ihren Griffen, zog die Kapuze über den Kopf, den er nachdrücklich schüttelte. Das hätte sie nicht nötig, da gäbe es doch immer noch Ehrlichkeit und Anständigkeit in dieser ansonsten so verkommenen und schlechten Welt. Er selbst, Pater Petrus, wollte dafür sorgen, dass ihr Gerechtigkeit zuteil würde. Was da am fürstlichen Hof vor sich ginge, wäre ein weiterer Beleg für die Gottlosigkeit, Unmoral und Verderbtheit der neuen Zeit, in der die Menschen vor Gott davon schwämmen ohne Steuermann wie ein Schiff ohne Ruder, und auf den tiefen, endlosen Strudel der Hölle zutrieben wie ein steuerloses Floß auf dem Maar. „De profundis clamavi ad te Domine", zitierte er inbrünstig den 130. Psalm, „aus der Tiefe rufe ich Herr zu Dir".

In jener Nacht vor so vielen Jahrhunderten begab sich in den ehrwürdigen Mauern der Abtei Merkwürdiges. Pater Petrus war nicht zur Vesper gekommen, hatte nicht am gemeinsamen Mahl im Refektorium teilgenommen, sodass der Abt im Stillen bereits beschlossen hatte, ihn dringend zu ermahnen. Aber es nahm die Brüder auch Wunder, denn Petrus gehörte zu den bestrebtesten, eifrigsten Mönchen, unbedingt und unumstößlich in seiner eifrigen Suche nach dem Heil der Seele, in der Vermeidung jeden Verstoßes gegen die benediktinischen Regeln, im ängstlich bemühten Glauben an die Seligkeit nach dem Tode lebte er, stürbe der gerechte Mensch, dann nur in Gott. Doch in jener Nacht war er außer sich vor Zorn, bebte vor innerer Wut und war außerstande, einen klaren Gedanken zu fassen. Er mochte sich nicht eingestehen, dass es das schöne Mädchen war, das ihn für sich eingenommen hatte, ihn wohl verzaubert haben mochte, dass da etwas in ihm geschah, was er noch nie in seinem Leben gespürt hatte, einen unnennbaren, süßen Schmerz in seinem Bauch, in der Leibesmitte, ein leises Flattern voll leichter und angenehmer Übelkeit. Petrus war in der Hochzeit seiner Mannesjahre, näherte sich den 30ern und war bereits seit seinem zwölften Lebensjahr im Kloster. Deshalb war er nie mit dem anderen Geschlecht in Berührung gekommen, außer mit der alten, zahnlosen Frau, die alle Gänge reinigte und in der Küche half. Er saß auf der Liege in seiner Zelle, wagte es nicht, den Erlöser am Kreuz anzublicken, erhob sich und schaute stattdessen aus einem der hohen Fenster hinüber zur Basilika. Die völlig verkommene Jugend bemächtigte sich seiner Gedanken, die Mägde und Burschen, die nichts anderes in ihren Köpfen hätten, als sich zu schrillem Pfeifenspiel gegenseitig umzuwerfen, um sich am Ende eines Festes im Heu zu verkriechen zu gottlosem Tun. Selbst am Tag vor Heiligabend, am Tag des großen Marktes in den Klostermauern, wenn geräucherte Fische und knackig pralle Äpfel zum Kauf angeboten wurden, hätten es manche dieser jungen Menschen hinter den Büschen getrieben wie die Kaninchen auf der Weide. Petrus hatte auch den alten und ansonsten so weisen Bruder Willibert nicht verstanden, der während der Mahlzeiten stets die lehrreichsten Geschichten von der Kanzel vortrug, als dieser angesichts der rosig und frisch glühenden Wangen und blitzenden Augen der jungen Gäste bemerkt hatte, das Schlimmste an der heutigen Jugend wäre die Tatsache, dass man nicht mehr dazugehörte. Solche Reden wollte er nicht hören und noch weniger verstehen.

Als ganz in der Ferne über dem Maar der Morgen zu grauen begann, als kurz nach 5 Uhr die gewaltigen Glocken der Basilika zum Gottesdienst riefen und das ganze Tal mit dieser wunderbaren Harmonie zu füllen begannen, die jedermann hinzog zum Hause Gottes, zur Pforte des Himmels, da war Petrus vor der Reihe der andächtigen Mönche unterwegs. Er hatte seine Sandalen ausgezogen und stattdessen feste Schuhe an den Füßen. So leise es ging huschte er die Treppe hinunter, deren Stufen er auswendig kannte, die er unzählige Mal in der Dunkelheit betreten hatte, am Klausurraum vorbei, an der kleinen Fachbibliothek des Abtes und an der Eingangstür zum Refektorium. Nur ganz wenig Licht spendete eine Fackel im Kreuzgang, durch den er hinunterhastete in Richtung Basilika. Er schob die kleine Seitentür auf, verneigte sich vor dem Herrn und vor der schmerzensreichen Mutter, zündete hastig in der kleinen Kapelle eine Kerze an einer anderen an, bekreuzigte sich und stahl sich durch die hohe, schwere, reliefbewehrte Bronzetür hinaus in die Nacht, die sich soeben über dem Wasser erhob, um Licht in die Welt zu lassen.

Hinunter zum See führte ein gewundener Pfad, der sich mehr als einen Kilometer durch die hügelige, grasbewachsene Landschaft schlängelte. Pater Petrus schritt fest und entschlossen aus, ohne sichtbare Hast, aber auch ohne jedes Zögern. Er kam an der Obstwiese vorbei und an dem Stall, um den die Herde von Kühen sich versammelt hatte. Die standen kreuz und quer, nah nebeneinander oder einzeln abseits, waren schwarz oder braun gescheckt. Junge Färsen und ältere Mutterkühe mampften das taufrische Gras, scheinbar gedankenverloren, tief in sich gekehrt, meist bis auf die Mäuler regungslos. Der Mönch bemerkte, dass es keine Kälber in der Herde gab und keine sichtbar alten Tiere, und seine Gedanken begannen, um die Landwirtschaft der Abtei zu kreisen. Er hatte selbst dort einige Jahre gearbeitet. An diese Wochen und Monate erinnerte er sich als eine sorglose, schöne Zeit. Das war, bevor ihn der Abt mit anderen Aufgaben betraut hatte, mit der Vertretung des Priors, mit der Seelsorge für die Brüder und dem Lesen der Messe dann und wann. Er war zum Priester geweiht worden, sprach er mit Stolz zu sich, weil er nicht nur demütig und eifrig war, sondern auch begabt und, wie der Abt freundlich bemerkt hatte, mit einer gesunden

Intelligenz ausgestattet war. Seine einfachen, geschnürten Schuhe und der Saum seiner Kutte waren nass von der Feuchtigkeit der Wiese, als er den See erreichte. Es war ein so großes Gewässer, dass er die andere Seite nicht sehen konnte. Eingebettet in die blauen Gipfel der Vulkaneifel erstreckte sich das Maar zwischen Kloster, der Bauernschaft zu seiner Linken und der Residenz am gegenüberliegenden Ende, um deren Mauern herum etliche Handwerker und mit ihnen Händler Wohnung genommen hatten.

Ein schmaler Sandweg führte am Uferschilf vorbei, in dem Enten eifrig schwammen und gründelten. Manchmal brauste das Wasser auf, als wenn ein mächtiger Sturm es an einer winzigen Stelle bewegte. Das war meist ein Hecht, wusste Petrus, der anderen Fischen und kleinen Enten nachstellte. An einer Biegung des Sees erhob sich ein flacher Hügel. Davor, zum See hin, standen einige Buchen und Birken. Zwischen den Ästen und Stämmen erkannte der Mönch die schiefen Wände einer Hütte, die rot gestrichene Haustür, die bunten Balken um die glaslosen Fenster und die aufgeklappten Läden, ebenfalls blutrot in der Morgensonne glänzend. Es war die Hütte des Fischers Hildebrand, der täglich aufs Maar hinaus- fuhr, sommers und winters, wenn das Wetter es zuließ, um Fische für die Abtei zu fangen. Dafür erhielt er ein schmales Salär, von dem er, seine Frau Ute und die Zwillinge des Paares durchaus leben konnten. Petrus und Hildebrand kannten sich seit Langem, und der vierschrötige, rothaarige, einfache Mann mit den mächtigen Händen verehrte den gelehrten Mönch, den beredsamen Geistlichen, der ihm die Beichte abnahm, ihm stets mit gutem Rat zur Seite stand und auch, wenn einmal Not am Mann war, mit einem kleinen Geldstück aus der Kollekte. Petrus indes hatte Gefallen an der grundehrlichen und selbstbewussten Art des Fischers gefunden, der für seine

Familie lebte und glücklich in ihr war, der aber auch den Blick nicht von Gott abgewandt hatte, trotz der täglichen Mühen.

Die beiden Männer gingen aufeinander zu und trafen sich einige Schritte vor dem kleinen Haus, dort wo der Fischer seine Netze zum Trocknen aufspannte, denn er war vor kurzer Zeit heimgekehrt. Der Fang zappelte noch in einem großen, eisenbeschlagenen, hölzernen Bottich. Er drehte sich zu Petrus um, lachte über das ganze Gesicht, ging auf ihn zu und umarmte ihn. Auch der Mönch freute sich, drückte den Mann an sich, hielt ihn dann auf Armeslänge von sich, umarmte ihn erneut. Aber als der Fischer ihn zum Frühstück bat, das die Frau gerade zubereitete, wurde er ernst. Er müsste hinüber, auf die andere Seite, zur Residenz, so schnell wie möglich, erklärte Petrus mit ausholenden Armbewegungen, ungefähr in die Richtung seiner Reise deutend. Der Fischer dachte nach, nickte schweren Hauptes, seufzte und ging zur Hütte hinüber. Dort zog er an der Tür, die in den Lederangeln nach außen schwang, ging hinein und kam nach kurzer Zeit wieder heraus, einen kleinen Sack über den Rücken gespannt und einen ab-gewetzten Weinschlauch in der Hand. Er schritt voran zum schmalen Sandstrand, wo das Boot lag. Hildebrand hatte noch keine Zeit gehabt, es völlig ans Ufer zu ziehen. Er gebot dem Mönch mit einer Hand, zuzufassen. Sie drehten das Heck, sodass der Bug wieder hinauswies auf den See, auf das un-ergründlich tiefe Maar, aus dem es kein Entkommen gab, wenn ein Mensch dort kenterte und hineinfiel, denn die dunklen Wasser gaben nichts wieder preis.

Petrus setzte sich auf die Bank neben den Fischer, Rücken in Fahrtrichtung, ergriff eines der beiden Ruder, wartete auf den Einsatz, und sie ruderten los, hinaus auf das offene Wasser. Nach einer Viertelstunde anstrengender Fahrt winkte Hildebrand, und Petrus zog sein Ruder ein, legte es an dessen Platz in den Winkel eines Keils an der Bordwand. Der Fischer erhob sich in dem leicht schwankenden Boot, sein Ruder in der Hand, tat zwei Schritte, trotz der schlingernden Bewegung des Bootes sicher und gewandt, hangelte sich um den Mast, legte das Ruder ab, hob das Jutesegel auf und knüpfte es an den Querpfosten des Eichenstammes, der im Schiffsboden verkeilt war. Dann ging er weiter nach hinten, wo es eine kleine Bank gab. Von dort aus tastete er nach dem langen Holz des Ruders, hob es herum und legte es in ein hölzernes U, das mit Lederriemen an einem Holzzapfen befestigt war. Das graue Segel blähte sich im Morgenwind, der von den Bergen herunter in Richtung Seemitte blies, und Hildebrand prüfte mit leichtem Druck gegen das Ruder, ob das Schiff ihm gehorchte. Dann nickte er zufrieden, steckten den Zeigefinger der linken Hand in den Mund, hielt ihn prüfend hoch und nickte erneut; der Wind stand günstig für ihr Unternehmen. Er befestigte das Segel mit einem dünnen Tau aus Flachs, zurrte auch das Ruder fest und turnte zurück zur Ruderbank, unter der er sein Bündel und den Schlauch verstaut hatte. Er setzte sich neben Petrus, hieb ihm auf den Oberschenkel, zog den Sack hervor und öffnete den Knoten. Heraus zog er einen unförmigen Käse, ein hartes, kleines, halb verbranntes Brot sowie einen Holzbecher mit Hirsebrei. Er bot dem Mönch davon an, der sehr höflich ablehnte. Das Brot im Kloster war derb und grau, aber weitaus besser und sauberer, der in der Abtei hergestellte Käse delikat. Doch das war nicht der Grund. Der große Mönch litt Qualen. In seinem Inneren brodelte es. Bilder des schönen Mädchens schossen durch seinen Kopf, wie es auf dem Brunnenrand saß und ihn anblickte, wie es in der dunklen Kammer vor dem Fürsten kniete, der sich vor Lust wand und drehte, den Glatzkopf in den feisten Nacken gelegt und widerlich stöhnend. Er meinte

16

hinter seinen geschlossenen Augen die Fürstin zu sehen, wie sie es mit den Knappen trieb, die vorn und hinten auf ihr ritten wie ein Hengst auf einer Stute. Als Petrus die Augen öffnete uns ich die schmerzenden Schläfen rieb, da hatte Hildebrand den Weinschlauch geöffnet und hielt ihn zu ihm hinüber. Der Mönch griff fest und hastig zu, hielt die Öffnung vor seinen Mund und trank in tiefen, durstigen Zügen, trank, bis Hildebrand ihm lachend den Schlauch aus der Hand nahm, denn er wollte selber trinken nach dem salzigen Morgenmahl.

Inzwischen hatte sich die Sonne weit über den Horizont erhoben, hatte den nassen Saum der Kutte getrocknet, nicht aber die durchnässten Schuhe des Mönches. Sie hatten einen guten Teil der Strecke zurückgelegt, und Petrus war, wenn möglich, noch fester geworden in seinem Hass. Als die Sonne im Zenit stand, lenkte der Fischer den Kahn geschickt zwischen Wurzeln und Schilf hindurch. Der Kiel knirschte auf dem Sand des Strandes, es ruckte mächtig und sie waren angekommen. Petrus sprang aus dem Boot, der Fischer folgte. Wieder drehten sie das schwere Gefährt, der Mönch schob mit aller Kraft, Hildebrand sprang hinein, griff nach beiden Rudern und hatte abgelegt, bevor sein Reisegefährte sich noch förmlich bedanken konnte. Petrus starrte dem Boot hinterher, war sich wohl bewusst, dass dort seine einzige Zuflucht dahinfuhr auf dem leicht gekräuselten Wasser unter der Sonne, die jetzt ihren höchsten Stand erreicht hatte.

Über ihm, auf einer der höchsten Erhebungen, lag die Burg des Fürsten. Es war ein mächtiger, steinerner Bau mit hohen Zinnen. Darum herum war eine hölzerne Palisade gezogen, so hoch wie zwei Männer, aus dicken Stämmen, dicht an dicht ohne erkennbaren Durchlass. Nicht weit vor der Palisade, den Hügel hinab, standen einige Holzhütten um einen gemauerten und mit Holz verkleideten Ziehbrunnen. In diesen wind-schiefen Behausungen mit Löchern in den Dächern, aus denen der Rauch der Kochstellen abzog, lebten Handwerker, Hand-langer, Diener und Zofen, die alle im Sold des Fürsten standen. Hunde streiften herum, Gänse schnatterten, als sie den Mönch sahen, Schweine wühlten im Boden nach Würmern und unzählige Kinder rannten kreischend um die Häuser, spielten wohl gerade ein kindliches Spiel, von dem Petrus nichts wusste, denn in dem eigentlichen Sinne war er nie Kind gewesen. Er raffte seine Kutte ein wenig, um sie vor dem Schlamm und dem Matsch zu schützen, durch den er watete, und der an seinen Schuhen hängen blieb. Er wich den tobenden Kindern aus, lächelte einem kleinen Mädchen zu, das braune Zöpfe hatte, ein formloses Leinenkleid trug mit einer aufgesetzten Tasche, und das mit dem Finger im zahn-losen Mund stehen geblieben war, sich verlegen hin und her drehte und ihn aus dunklen, unschuldigen Augen aufmerksam und ernst musterte. Er schritt davon, durchquerte die un-ordentliche Ansammlung der ärmlichen Behausungen, betrat erleichtert das feuchte Gras des Hügels hinter dem auf-gewühlten Boden der Siedlung. Nur ein kleiner, weißer Hund folgte ihm vertrauensvoll, schnupperte an seiner Kutte, legte das Köpfchen zurück und ließ sich streicheln und kraulen, erweckte den Anschein, als seufzte er wie ein Mensch vor Wonne, wedelte aufgeregt mit dem Schwanz um sich dann eifrig wieder abzuwenden, hin zu dem Ort, an dem er seine Nahrung fand und Wärme, wenn es kalt war und draußen der Schnee lag.

Pater Petrus wusste von vielen vorangegangenen Besuchen der Residenz, dass sich der bewachte Haupteingang hinter der von einem kleinen Hain geschützten Stelle an einer Seite der Palisade befand. Er schritt, ohne zu zögern, links um das einigermaßen kreisförmige Abwehrbollwerk aus uralten, starken Baumstämmen herum, ein weiteres Stück den Hügel hinauf, zwischen den Bäumen des Hains hindurch, dann hatte er sein Ziel erreicht. Die Nachmittagssonne schien freundlich auf das runde, rote, weinselige Gesicht des Hauptmanns der Wache, der durch eine Luke neben der Eingangspforte blickte. Der kannte den Mönch und rief ihm fröhlich einen Willkommensgruß zu. Holz scharrte auf Holz. Langsam öffnete sich das mächtige Tor. Es war roh aus harter Eiche gehauen und passte dennoch nahtlos in den Rahmen. Die große Tür war mit Eisenblättern beschlagen, und die Scharniere umfassten Zapfen aus dunklem Metall. Der Mönch schritt ruhig durch die Öffnung in der hölzernen Befestigung, grüßte freundlich den Hauptmann und zwei Lanzenträger in Kettenhemden, setzte seinen Weg fort und ging auf die hölzerne Spitzbogentür des steinernen Haupthauses zu.

Der Mönch griff nach einem metallenen Knauf, der die Form eines Löwenkopfes hatte, zog, und die hohe Holztür schwang langsam nach außen. Er trat über die steinerne Schwelle und befand sich in einer hohen und weiten Halle. Der Fußboden war aus glattpoliertem Stein, mit feinem, weißem Sand bestreut, wie es ihn am Maar nicht gab. Links und rechts an den feldsteinernen, gemauerten Wänden, die mit einem Fries voller kunstvoll gemalter Jagdszenen geschmückt waren, standen hölzerne Schemel so, dass der Benutzer sich mit dem Rücken an die Wand lehnen konnte, wenn das Sitzen ihm nach einiger Zeit und einigem Wein schwerfallen sollte. An der Stirnseite, hoch über seinem Kopf, blickte Petrus auf ein dreiteiliges Fenster. Die kunstvoll gemauerten Wandöffnungen liefen in hohen, spitzen Bögen nach oben aus. Darunter stand die Tafel des Fürsten, fast von Wand zu Wand reichend, mit sieben bequemen Lehnstühlen. Die drei in der Mitte hoben sich durch die Höhe und die Polsterung der Lehnen ab. An der Vorderseite des Tisches hing ein prächtiger Gobelin, der in Blau, Gold und Purpur Szenen aus Schlachten des Herrschers und seiner Väter zeigte. Obwohl der Raum wohl hundert Schritte in der Tiefe maß und zwanzig in der Breite, herrschte ein Dämmerlicht, denn die drei glaslosen Fenster an der Stirnseite waren die einzigen, bis auf jeweils eine rechteckige, scharfkantige, mannshohe Öffnung in der Mauer zur linken und hinter der Tafel. Petrus war allein in der Halle, denn es war noch nicht spät genug am Tag, als dass sich die Würdenträger versammelt hätten. Nicht einmal eine Magd oder ein Diener waren zu sehen.

Hinter dem seitlichen Durchbruch führte eine kurze, steinerne Treppe zwischen den dicken Wänden steil hinab, vorbei an etlichen Vorratskammern, bis er auf einem weiteren Fußboden stand, von dem aus Gänge in drei Richtungen führten. Er nahm den Weg geradeaus und kam, nachdem er einige Schritte getan hatte, an der ersten Holztür vorbei, die, wie er wusste, zu den Gesindekammern führte. Die dritte Tür schob er leise nach innen. Nur ein breites Bett mit Baldachin, ein Tisch aus dunklem Holz, eine passende Kommode und einige Stühle waren die Einrichtung. Aber alles war kunstvoll gearbeitet und aus wertvollem Material wie auch die Feuerstelle, die aus Marmor aufgeführt war, mit einem breiten Sims. Ein Feuer prasselte laut darin obwohl es so kalt nicht wahr. Vor der schmalen, hohen, glaslosen Fensterscharte, ihm den Rücken zugewandt, saß eine Frau in einem prächtigen, langen Kleid, das aus vielen farbigen Samtstreifen bestand. Sie hatte sich auf einem kunstvoll geschnitzten Eichenstuhl niedergelassen, den Kopf in eine Hand gestützt, den Ellenbogen auf dem steinernen Sims. Sie schaute hinaus, als beobachtete sie etwas Bestimmtes, summte ein Lied und wiegte den Kopf im Takt.

Der Mönch schloss die Tür lautlos hinter sich, griff nach einem Ofenscheit und trat einen Schritt auf sie zu. Die Fürstin musste gespürt haben, dass da ein Unheil drohte, denn sie drehte sich rasch auf dem Stuhl um, schlug die Hand vor den Mund und wollte zugleich schreien. Aber dazu kam sie nicht mehr. Denn Petrus hatte ausgeholt und mit aller Kraft zugeschlagen, sodass es krachte und splitterte und die Frau seitwärts von ihrem Stuhl fiel, seltsam verdreht auf dem steinernen Fußboden zu liegen kam und ihr Leben aushauchte, ohne eine Gelegenheit zur Gegenwehr gehabt zu haben. Der Mörder zog die Tür auf, steckte seinen Kopf durch den Spalt und lugte hinaus, blickte nach links und nach rechts, trat über die Schwelle und verschloss den Eingang hinter sich sorgfältig und leise. Während er den Gang weiterstrebte, griff er sich im Vorübergehen eine der Hellebarden, die jeweils zu dritt an der Flurwand befestigt waren. Die fünfte Tür trug das bekannte Wappen mit den sechs Enten. Er lehnte sich vorsichtig dagegen. Sie gab nach. Diese Kammer war mehr als doppelt so groß wie die der Fürstin. Die Einrichtung war fast gleich, nur das Bett war riesig, mit einem hohen, weiten Baldachin und Vorhängen aus blauem Leinen und rotem Samt. Auch hier brannte das Feuer im mächtigen Kamin. Ein langer Tisch stand mitten im Raum mit sieben gleichen Stühlen darum und auf der Stirnseite stand eine Art Thronsessel. Petrus war enttäuscht, hatte er doch gehofft, den sauberen Herrn um diese Zeit in seinem Zimmer anzutreffen. Da vernahm er ein Schnoben und Stöhnen, ein Ächzen und Atmen, just hinter der Gardine. Er riss sie beiseite und sah den Fürsten, auf dem Rücken liegend. Neben ihm kniete das schöne Mädchen, nackt, mit feiner, weißer Haut und herabhängendem Blondhaar. Es hatte seine Hand ausgestreckt, die das schrumpelige, kleine Glied des Herrschers knetet und bearbeitete. Einen Wimpernschlag lang zögerte der Mönch, dann stieß er mit der

Hellebarde von oben nach unten zu, durchbohrte den Mann genau in Höhe des Herzens. Der starrte ihn mit aufgerissenen Augen an, voller Angst und Wut, während rötlicher Schaum aus seinem Mund sprudelte und er nach Luft rang. Das Mädchen wollte schreien, aber Petrus war um das Bett herumgeeilt und hielt ihr den schönen, roten Mund zu, bedeutete ihr, sich anzukleiden und mit ihm zu fliehen, rasch und weit fort, damit die Häscher sie niemals finden könnten.

Das Mädchen blickte ihn an, lange, aus wasserunterlaufenen Augen. Dann begann es voller Wut, zu brüllen, zu kreischen wie ein altes Weib. Ihr Busen hob und senkte sich, während sie schrie und tobte. Was sich dieser Kastrat einbildete, wollte sie wissen, was er schon verstünde von körperlicher Liebe, von dem unvergleichlichen Gefühl, wenn sich zwei Menschen ausschließlich mit ihren Körpern beschäftigten, dahinflössen vor Lust, wenn sich alles aufstaute und in einem langen Moment sich löste in Freude und Zufriedenheit. Wie wollte er da mitreden, er, der sein Glied nur zum Wasserlassen hätte. Einen Mann wie den Fürsten, der ihr so viel böte, den fände sie in ihrem Leben nie wieder. Was er nur von ihr wollte, dieser Mönch, der ein Nichts war in der Welt und auch nichts werden würde. Hätte er vielleicht gedacht, sie könnte ihm in seine Zelle folgen, ins Kloster, um dort Entsagung für immer und ewig zu üben. Petrus stand reglos und stumm, den Kopf gesenkt, die Arme und Hände schlaff an den Seiten seiner Kutte, als die Tür derart heftig aufgeschlagen wurde, dass sie an die Kammerwand knallte und fast wieder zurücksprang. Der Hauptmann der Wache stand im Rahmen, das Schwert gezückt, die Beine gespreizt, kampfbereit. Das Mädchen deutete aufgeregt auf den Mönch und schrie, dass es der da gewesen wäre, dieser Kuttenträger, ein Verräter an seinen Wohltätern, ein Auswurf der Abtei jenseits des Wassers. Der

Mönch hatte seine Hände in Brusthöhe gehoben, beschwörend, als wollte er beten. Er brachte kein Wort hervor, nicht in jenem Augenblick und niemals wieder in seinem Leben. Denn das lange, scharfe Schwert surrte durch die Luft, trennte den Kopf vom Rumpf, dass dieser zu Boden polterte. Die aufgerissenen Augen starrten das nackte Mädchen an, als der große, schwere Körper in sich zusammensackte und vor dem Soldaten zu liegen kam. Das sterbende Herz pumpte noch einen Schwall Blut aus dem kopflosen Hals, über den die Kapuze rutschte, als wollte sie alles verdecken, die Schande und die Todesangst, die Liebe und den Hass.

Er hatte seine Erzählung beendet und schwieg, als erwartete er eine Stellungnahme von mir. Ich hatte gebannt gelauscht, gefesselt von seiner Art, zu erzählen, und auch von der Geschichte selbst und den überraschenden Wendungen. Nun sprach er wieder und unterstrich seine Worte mit schwungvollen Gesten. Die Moral dieser Geschichte wäre nicht, dass man den Weibern nicht trauen dürfte. Das wäre entschieden zu kurz gegriffen. Sie zeigte vielmehr auf, dass ein Mensch durch Gefühl und Verstand sich in eine Schuld verstricken könnte, ohne im eigentlichen Sinne schuldig zu sein. Das wäre nicht neu, fiel ich ihm ins Wort, das könnte, wer Interesse hat, in der antiken griechischen Tragödie nachlesen. In eine tragische Schuld verstrickte sich, wer unschuldig schuldig würde. Das wäre ihm wohl bekannt, entgegnete der Gast mit wütender Miene. Seine Erzählung hätte aber eine Aussage darüber hinaus. Gerade ein Benediktinermönch, dessen Hauptregel besagte, dass er nicht töten dürfte, auf der einen Seite. Ein wunderschönes, junges und durch und durch verdorbenes Mädchen auf der anderen. Aber sie wäre es schlussendlich, die mit dem größten Verlust leben müsste. Ich nickte ein wenig zögerlich, strich meine Kapuze vom Kopf, streckte die Beine aus, lehnte mich entspannt auf der Holzbank mit der angenehm geschwungenen Lehne zurück und erklärte, auch eine Geschichte beitragen zu wollen. Der Gast ermunterte mich mit Worten und Gesten. Und ich begann.

Die Geschichte des Taxifahrers

An einem kalten Januartag des vorangegangen Jahres bat mich der Prior nach der Hore, ihn in seinem Büro aufzusuchen. Das war keineswegs ungewöhnlich, vertrat ich ihn doch in seiner Abwesenheit, wenn der Abt außer Haus war. Ich ging also vom Refektorium aus nicht in meine Zelle und nicht in den Gastbereich hinter der Küche, in dem ich arbeitete, sondern durch die Besuchertür und an der Treppe des Gästetraktes vorbei, an den Vitrinen mit den alten Fotos und Erinnerungen, auch an der Pforte, die von unserem freundlichen Bruder Timotheus besetzt war, und schritt den Gang hinauf, an dessen Ende der Abt, der Prior und der Cellerar ihre Arbeitsräume hatten. Ich klopfte und trat ein. Der Bruder Prior erhob sich, kam um seinen Schreibtisch herum und umarmte mich. Dann setzte er sich wieder hinter das mächtige, schön geschnitzte, Schreibmöbel, während ich stehen blieb. Das Kloster wäre verpflichtet, einen Abgeordneten zur Bischofskonferenz zu entsenden, teilte er mir mit. Man hätte gedacht, dass ich, weil jung an Jahren und den Umgang mit der Welt da draußen durch den Umgang mit den Klostergästen gewohnt, ein vorzüglicher Gesandter wäre. Auch sähe man in meinem Fall die Gefahr nicht gegeben, den Verlockungen der glitzernden Scheingesellschaft zu erliegen, die mittels ungewohnt listiger Wortspiele genau dort Verlangen zu erwecken wüsste, wo der fromme Mensch am verwundbarsten wäre. Dieses schillernde Spiel von Worten und Waren drehte sich wie ein obszöner Tanz mit lauter Musik doch stets um die goldenen Kälber Konsum und Wollust. Ich nickte, denn seit meiner Zeit als Theologiestudent, in der ich bereits recht abgeschottet gelebt hatte, war ich nicht mehr auf diesem schnöden Jahrmarkt der Eitelkeiten gewesen, hatte meine Tage und Nächte nach der Regel des heiligen Benedikt verbracht. Die Zusammenkunft der hohen Geistlichkeit sollte in vier Tagen in Hamburg beginnen. Ein Taxi wäre für den Morgen an den Gästeeingang des Klosters bestellt. Die Fahrkarte erster Klasse hielt der Prior in der Hand, in der anderen einen Umschlag mit der Buchung eines anständigen Hotels in der Hansestadt, auf das ich mich sehr freute, denn in den vielen Jahren hatte ich bis zu diesem Tag ausschließlich auf der recht harten Matratze des Bettes in meiner Zelle gelegen.

In der Nacht vor meiner Reise schlief ich nicht gut. Seit meiner Kindheit litt ich an einer Art Reisefieber, das manchmal wirklich mit einer erhöhten Körpertemperatur einherging. Alle halbe Stunde wurde ich wach, wünschte mir in meiner Schlaflosigkeit, dass sich der Morgen doch rascher nähern möchte. Bis endlich und erlösend die acht Glocken durch das Tal klangen und zur Morgenhore riefen. Ich war im Gottesdienst so gar nicht bei der Sache, murmelte meinen Text, ohne Anteil zu nehmen und war froh, als auch das Frühstück hinter mir lag einschließlich der kurzen Andacht danach. Ich hatte kaum gegessen, eine Scheibe Brot, mit Käse hastig belegt, eine Tasse Kaffe getrunken. So bald es möglich war, stürzte ich hinauf zu meiner Zelle. Ich zog mein Köfferchen unter dem Bett hervor, raffte aus dem Schrank einige Wäsche, eine saubere Kutte, Socken, ein zweites Paar Schuhe, nahm von meinem Studiertisch das Kruzifix, küsste es, und legte es obenauf. Dann schloss ich mein Gepäckstück sorgfältig aber mit vor Aufregung zitternder Hand. Ich ging hinaus und traf auf dem Flur Pater Johannes, der mich ansah, den Mund öffnen wollte, sich eines Besseren besann und weiterging. Im Aufenthaltsraum der Gäste war ich allein an jenem Morgen, setzte mich in die Nähe der Tür, versuchte in der Tageszeitung zu lesen, wanderte umher, öffnete die Schränke, zählte die Gläser für den Apfelwein, damit die Zeit rascher voranschreiten mochte. Aber die Zeit lässt sich nicht täuschen. Immer ungeduldiger wurde ich, was weiß Gott nicht zu den Tugenden eines Mönches gehört. Schließlich schlug die besagte Stunde. Ich nahm meinen Koffer auf, schritt zum Gästeeingang und öffnete die schöne Eichentür mit den bunten Bildern aus Glas. Der Morgen war frostig kalt. Raureif lag auf dem Gras und den großen Bäumen im Innenhof. Auf dem Fußweg hin zu den Stallungen bemerkte ich Glatteis. Ich schaute mich um, blickte in jede mögliche Ecke. Ein Taxi war nicht zu sehen. Der Zug ging in wenig mehr als einer Stunde, die Fahrt zum Bahnhof dauerte eine halbe Stunde, wenn nichts dazwischen kam. Einen weiteren Anschlusszug gab es an diesem Tage nicht. Ich setzte eine Frist von zehn Minuten. Dann musste ich handeln, wollte ich die Reise nicht verpassen, auf die ich mich so sehr gefreut hatte. Nach zehn Minuten nestelte ich das Handy, das unser Kloster mir zur Verfügung gestellt hatte, unter der Kutte hervor, wählte die Auskunft und verlangte die Taxizentrale in dem Ort, in dem es den nächsten Bahnhof gab. Es meldete sich umgehend eine unbekannte Männerstimme, die klang, als säße der Besitzer in einer Kneipe und hätte einen Anfall von Raucherhusten. Der Mann am anderen Ende begehrte schroff zu wissen, was ich wollte. Ich stünde hier im Gästebereich des Klosters, teilte ich hastig mit, ein Taxi wäre versprochen, aber noch nicht eingetroffen. Dann müsste ich eben sehen, wie ich zum Bahnhof käme, war die barsche und unverschämte Antwort. Ich wurde völlig mutlos und ging in den Speiseraum, wo ich Bruder Anselm traf, der sich gerade eine Zeitung holte. Ich schilderte ihm die missliche Situation und er erkundigte sich wiederholt nach dem Namen des Ortes, dessen Taxizentrale ich angerufen hatte. Dann schüttelte er seinen weißbeschopften Kopf und erklärte, ich hätte die Ortsnamen verwechselt. Richtig, fuhr es mir durch den Kopf, während die unaufhaltsame Zeit davon rann. Hastig wählte ich erneut die Auskunft und wurde mit einer freundlichen Frau verbunden, die betonte, dass das Taxi auf den Weg geschickt worden wäre und schon vor einiger Zeit im Kloster hätte eintreffen müssen. Ich bedankte mich freundlich, nahm meinen Koffer und trat durch die Gästetür hinaus in den kalten Morgen. Die Pfützen waren gefroren. Es war höllisch glatt, und ich dachte, die Fahrt könnte länger dauern als üblich. Da sah ich ein gelbes Taxi langsam zwischen dem Innenhof, der Werkstatt und den Stallungen dahinfahren. Ich lief und brüllte ganz gegen meine Gewohnheit und gegen jede Regel. Als ich an die Ecke kam, war der Wagen weg. Nur unser alter, lieber Bruder Aegidius, der jahrzehntelang Berater einer sehr prominenten Politikergattin gewesen war, kreuzte mit seiner Gehhilfe meinen Weg, nahm eine Hand vom glitzernden Gestänge, deutete in mehrere Richtungen und bekundete atemlos, just in dem Augenblick ein Taxi gesehen zu haben. Ich dankte so höflich, wie es mir in dieser Situation möglich war und rannte mit meinem Gepäck an dem ganzen Platz entlang, überquerte den Weg dort, umrundete das Werkstattgebäude, kam an der kleinen Kapelle am Hügel vorbei und fand mich schließlich auf dem Platz vor der Klosterkirche in Höhe des Bioladens und des Devotionalienshops, denn egal, wo er hinfuhr, dort musste er entlangkommen. Ich hatte richtig geraten. Ohne größere Hast näherte sich mir der Wagen, obwohl ich aufgeregt winkte. Ein ganz und gar ungepflegter, dicker und aufgedunsener Mann stieg aus, nahm mir den Koffer ab und warf ihn in den Kofferraum. Dann bedeutete er mir mit einer Geste, rasch einzusteigen. Ich nahm auf dem Beifahrersitz Platz. Er erklärte mir, dass nunmehr Eile geboten wäre und dass er keine Garantie dafür übernehmen könnte, dass wir den Zug noch erreichten. Das aber läge, weiß Gott, nicht an ihm, sondern an den Umständen. Der Fahrer, der für diese Fahrt vorgesehen wäre, der hätte gegen Morgen in der Zentrale angerufen, um mitzuteilen, dass er just von einer Leiter gefallen wäre. Mein Nebenmann sah mich aus blutunterlaufenen Augen verschwörerisch an, hatte sein rotes Gesicht, voller Pickel und geplatzter Adern, mir weit öfter zugewandt als dem Verlauf der Straße, sodass ich um meine Gesundheit zu fürchten begann. Man müsste wissen, erklärte er, dass dieser sogenannte Chauffeur ein Säufer vor dem Herrn wäre und niemand könnte sagen, dass der Anruf nicht aus einer Kneipe gekommen wäre, in der der Mann wohl gelegen hätte. Er, dabei schlug er sich mit der fleischigen Hand vor die Brust, die von einem schmuddeligen, grün und weiß gestreiftem, kurzärmeligen Hemd bedeckt war, er wäre ganz kurzfristig losgeschickt worden, hätte auf gut Glück fahren müssen, ohne nähere Angaben. Zu allem Überfluss hätte er mit seinem Handy vom Kloster aus nicht telefonieren können und wäre auch nicht erreichbar gewesen. Aber er hätte mich ja fast auf Anhieb gefunden. Sein Handy hätte er erst kürzlich auf ein neues Netz umgestellt. Weil er nämlich seinen Festnetzanschluss aufgegeben hätte, als ihn seine Frau verließ. Das falsche Luder wäre abgehauen mit der Begründung, dass er sich zu oft in Kneipen herumgetrieben hätte. Er schlug sich wieder vor die Brust. Ja, am Wochenende, da hätte er seine Stammkneipe, in der er auch Karten spielte. Auf jenem Gebiet hätte er es sogar zur Stadtmeisterschaft gebracht. Ganze 200 Euro hätte er gewonnen und einen sehr schönen Glaspokal. Sicher, nach Feierabend oder auch in den nicht endenwollenden Jahren seiner Arbeitslosigkeit, da hätte er so manches Bier gezwitschert und manchen Schnaps dazu. Aber das täten schließlich alle Männer auf der ganzen Welt, außer vielleicht den Mönchen, und er musterte mich nachdrücklich, aber selbst die täten das bestimmt heimlich. Er hätte gehört, dass das Refektorium in der Abtei keine Fenster hätte. Die Leute sagten, das wäre, damit der liebe Gott nicht zusehen könnte, wenn die Brüder dort fräßen und söffen wie die Bürstenbinder. Ich schwieg. Einerseits war ich noch außer Atem, andererseits hatte mich die Erfahrung meines Lebens gelehrt, dass gegen Dummheit Götter selbst vergebens kämpften, wie es der Dichter so schön gesagt hatte. Plötzlich merkte ich, dass sich in den Augenwinkel des massigen Mannes eine Träne stahl. Ja, rief er, ich bräuchte ihn gar nicht so anzuschauen, er wäre ein gescheiterter Mensch, dem Alkohol ausgeliefert, von allen Menschen verlassen. Niemanden hätte er, und er griff nach meinem Arm, woraufhin ich die Kapuze über den Kopf zog, alle hätten ihn sich selbst überlassen in dieser Scheißwelt voller mitleidloser und ungelernter Menschen. Das wäre schon in seiner frühesten Kindheit so gewesen. Auch in seinen allerersten Erinnerungen wäre das Gesicht seines Vaters nie aufgetaucht. Der hätte sich nämlich gleich nach seiner Geburt aus dem Staube gemacht, wäre nach Norddeutschland auf Montage gegangen, hätte ihn schmählich im Stich gelassen, allein mit dieser widerlichen Schlampe, die ihn zur Welt gebracht hätte. Woran er sich zuerst erinnern könnte, das wären Hunger, Kälte, Nässe und Einsamkeit. Jetzt weinte der Fahrer wirklich, schniefte und schnob, blies Fäden und fuhr dann schluchzend fort. Auf dem Lande hätten sie damals gewohnt, über einem Gasthaus. Er wäre alleine aufgewacht, die Windeln voll und mit knurrendem Magen. Dann wäre er, weil er noch nicht gehen konnte, auf allen Vieren durch die kleine Wohnung gerobbt, auf der Suche nach Essbarem. Nicht immer hätte er etwas gefunden. Schließlich wäre er wieder eingeschlafen, hungrig erwacht, hätte gerobbt und immer so weiter. Irgendwann wäre dann die Mutter gekommen. Voller Hoffnung wäre er ihr immer wieder entgegengekrochen, um dann doch einen Tritt in den Leib oder in das Gesicht zu bekommen. Anschließend hätte sie ihn ausgezogen und in die Wanne mit eiskaltem Wasser gesteckt. Schließlich, wenn er Glück hatte, hätte sie ihm ein Stück Brot oder Apfel oder auch einfach kaltes Fleisch hingeworfen, bevor sie das Licht gelöscht und ihn erneut in völliger Dunkelheit zurückgelassen hätte.

In diesen Tagen oder Nächten, das hätte er nicht unterscheiden könne, wären die Geister gekommen. Sie hätten nach ihm gegriffen, ihn mit kaltem Hauch gestreift, mit warmer Lust umschmeichelt, ihm den Hunger gestillt und die schreckliche Leere des Alleinseins vertrieben, sie gefüllt mit tanzenden Lichtern und Bildern, mit Farben, Musik und gesungenen Sätzen, mit Liebe und Zärtlichkeit. Er hätte eine glückliche Kindheit gehabt, schluchzte der Fahrer, denn er wäre die ganze Zeit über in der Nähe der ewigen Seligkeit gewesen. Ein gewebter Vorhang an der eiskalten Wand wäre ihm in Erinnerung geblieben, eine Landschaft mit grünem und braunem Wald, einem blauen Flüsschen und dem Schattenriss einer Frau. Das bestimmte seine Träume bis zu heutigen Tag. Ich musste schweigen. Was ich gehört hatte, war zu ungeheuerlich, als dass ich es sogleich begriffen hätte.

Schlimmer wäre es geworden, fuhr der Taxifahrer fort, nachdem er sich selbst das freie Stehen und Sitzen beigebracht hatte. An einem Tag, an dem es angenehm warm gewesen wäre in der Wohnung über der Kneipe, wäre die Mutter mitten am Tag gekommen, als er sie gar nicht erwartet hätte. Er wäre gerade damit beschäftigt gewesen, einen Draht um einen Nagel zu winden, da wäre die Tür gegangen, laut, mit einem Knall, wie immer, wenn die Mutter betrunken gewesen wäre. Ein Mann, der sie begleitete, hätte laut und roh gelacht, und er, der kleine Mann, der später Taxifahrer geworden wäre, hätte ganz schnell versucht, sich zu verkriechen, in eine der Nischen, die er selbst für sich geschaffen hätte, hinter Decken oder Kisten, Orte, von denen er glaubte, dass ihn dort niemand finden könnte. Doch seine Mutter hätte ihn hervorgezerrt, raus aus seiner Zauberwelt, in der ihn die Feen behüteten, hätte ihn zum Tisch getragen, ihm die Hose heruntergerissen und ihn dargeboten, bis ihn der Schmerz überwältigt hätte, die dumpfe Qual, das unerträgliche Reißen in seinem kleinen Hintern, bis man von ihm abgelassen hätte, sich abgewandt, ihn wieder seinen Feen übergeben und dem Traumland der Zärtlichkeit. Der Fahrer war leichenblass geworden, blickte mich an, und ich konnte nichts sagen.

Eines Tages hätte er sich einfach aufgerichtet und wäre gegangen, Fuß für Fuß, durch die dunkle, kleine Wohnung, vorbei an den Elfen und Feen, die er selbst erdacht hatte, vorbei an dem Tisch, der für ihn ein Gleichnis war für Schmerz, Gewalt, Hilflosigkeit, Hass und Verzweiflung. Weit hätten ihn seine kleinen Füße zunächst nicht getragen, nicht am ersten Tag und nicht in der ersten Woche. Aber dann wäre das Wunder geschehen. Er hätte sich weit hinaufgereckt bis zur Türklinke, hätte sie zu fassen bekommen, die Tür nach außen aufgestoßen und wäre hinausgegangen, erhobenen Hauptes, in die fremde, unbekannte Welt, die doch nur besser sein konnte als alles, was er kannte. Er kletterte die Holztreppe hinab, die nach Bohnerwachs roch und glatt war, ein Geruch, zu dem ihm, wenn er ihn roch, sein Leben lang das Gefühl der grenzenlosen Freiheit überkam. Von der Treppe aus führte ein Flur an der weiß lackierten Kneipentür mit einem Messingschild vorbei, an einem Zigarettenautomaten, zu einer zwei-

flügeligen Tür mit großen, ovalen, undurchsichtigen Rauglas-
fenstern. Ein Flügel stand offen. Er stolperte hinaus in das
gleißende Licht des Tages, fiel fast über die drei Stufen der
Steintreppe, fing sich im letzten Moment und stand auf dem
Bürgersteig. Alles war neu für den kleinen Jungen, aber er
zögerte keinen Augenblick, rannte, was die kleinen Beine hergeben mochten, bis er zu einem kleinen Fluss kam, über den
sich eine Fußgängerbrücke von Ufer zu Ufer spannte. Er stieg
hinauf, bereits müde, erschöpft, hungrig und außer Atem. Als
er oben auf dem Bogen war, blickte er durch die Eisenstäbe
des Geländers hinunter auf das fließende Wasser, und er sah
dort, direkt unter ihm, Fische stehen, die sich im Strom des
Gewässers bewegten. Er staunte lange Zeit, blieb dort knien
und schaute einfach, denn selbst in seinen Träumen hatte er
sich soviel Schönheit nicht vorgestellt und so etwas Voll-
kommenes hatten ihm auch seine Elfen niemals beschrieben.

Eine ganze Zeit später sah er neben sich eine Einkaufstasche
stehen, die mit Bananen, Äpfeln, Weintrauben, Brot und
Brötchen sowie mit Tüten und Päckchen vollgestopft war.
Lange zögerte er, doch dann nahm er sich einen Apfel und
biss hinein, erschrak im selben Augenblick aber so heftig, dass
er in Tränen ausbrach und sich duckte wie ein Kätzchen, das
an Tritte und Schläge gewöhnt ist. Denn neben der Tasche
erkannte er die Strümpfe und die Schuhe sowie den Rocksaum
einer Frau, der Besitzerin der Köstlichkeiten. Er hob langsam
und schuldbewusst seinen Blick und sah, dass sie ihn nachdenklich und traurig musterte, dass sie ein rundes, liebes Gesicht hatte, mit roten Wangen und eine strenge Frisur, ge-
scheitelt und eng am Kopf anliegend. Sie sah so gar nicht aus
wie seine Mutter mit dem grellroten Mund und weißblonden
Locken. Die Frau, fuhr der Taxifahrer fort, der aufgehört hatte
zu greinen, streckte eine Hand nach dem Jungen aus, der sich

voller Angst an das Eisengitter schmiegte. Er schluchzte nicht mehr, sondern hatte die Zähne aufeinander gebissen und die Augen fest zusammengekniffen, um den Schmerz zu ertragen, der jetzt kommen musste. Aber der kam nicht. Zum ersten Mal in seinem Leben spürte das Kind eine Hand auf seinem Kopf, die ihn zärtlich streichelte, und er hörte eine sanfte Stimme, die leise und beruhigend zu ihm sprach. Zunächst wagte er es nicht. Doch dann öffnete er die Augen, drehte sich von den Stäben weg und begann wieder zu heulen, diesmal aus Erleichterung und Unsicherheit. Die Frau sprach weiter zu ihm, aber er konnte nur den Tonfall deuten und ganz wenige Wörter verstehen, denn er hatte bisher nur mit seinen Fabelwesen gesprochen, und das ganz still und in Gedanken. An gesprochenen Wörtern kannte er nur das, was seine Mutter schrill zu keifen pflegte und das, was die fremden Männer stöhnten und ächzten. Die Fremde streckte eine Hand zu ihm hinunter. Er zögerte, griff zu, ließ sich aufrichten und folgte ihr, die in der anderen Hand den Korb trug. Später hätte sie ihm erzählt, dass sie nach seinem Namen gefragt hätte und nach seiner Adresse. Aber beides hatte er nicht. Er wusste nur eins, dass er nie wieder zurück in die Wohnung wollte, in der er in seinen wenigen Jahren mehr Leid erfahren hätte, als andere in einem langen Leben.

Er stolperte eine wenig und die Frau verlangsamte ihren Schritt, blickte sanft und zärtlich zu dem kleinen Mann hinunter, der tapfer versuchte, Schritt mit ihr zu halten, obwohl er erschöpft, hundemüde und hungrig war. Sie kamen an ein breites, hölzernes Tor, mannshoch, rot gestrichen, mit einer schmalen Tür daneben, ebenfalls aus Holz. Die Frau drückte mit ihrer Hüfte gegen die Pforte, ohne ihn loszulassen, und er folgte ihr auf den Hof neben dem Haus, welches eine rau verputzte, grüne Wand hatte. Auf der linken Seite stand ein hoher Schuppen aus aneinandergefügten Brettern. Ganz hinten, in einer dieser rohen Planken, zu ebener Erde, bemerkte der Junge, war ein Loch in der Schuppenwand und davor lag ein schwarzgelber Schäferhund an einer langen, rostigen Eisenkette. Der sandige Hof führte in einem rechten Winkel um das grüne Haus herum. Auf seiner anderen Seite stand ein langes, flaches, graues Gebäude mit verwittertem Dach und drei Türen, das an einen Stall erinnerte. Es erstreckte sich über die ganze Breite des Hofes, war ein gutes Stück länger als das Wohnhaus.

Die Frau hatte seine Hand losgelassen und er stand verloren einige Schritte hinter ihr, als sie die zwei Stufen hinauf schritt zu der Haustür, die kunstvoll aus dunkelbraunem Holz gearbeitet war mit prächtigen blauen, gelben, grünen und roten Glasfenstern sowie schwarzen, schmiedeeisernen Verzierungen. Sie steckte einen Schlüssel in das große Schloss, drehte, es quietschte, und sie zog die Tür auf, stellte ihre Einkaufstasche in den Flur, der von außen sehr dunkel aussah, drehte sich um und winkte dem kleinen Jungen, er sollte ihr folgen. Der nahm allen Mut zusammen, schritt betont stampfend auf den fremden Eingang zu, von dem er nicht wusste, ob er ihm vielleicht neue Qualen und frisches Leid bedeutete, kämpfte einen langen Augenblick mit dem Gedanken, erneut fortzulaufen, sich zu verstecken, an einem Ort, an dem niemand ihn finden konnte. Aber er war hungrig und ein wenig mutlos, blickte zu dem Hund hinüber, der im Sonnenlicht gähnte, musste lachen und stolperte über die obere Treppenstufe in das Haus. Der Knabe kniff seine Augen halb zu. Nach und nach gewöhnte er sich an das Dämmerlicht, denn der quadratische Korridor hatte keine Fenster. Das Licht kam durch zwei Türöffnungen. Das Erste, was er sah, war ein schwarzes Telefon auf einem hohen Pult und dahinter ein gelbes Reklameschild mit schwarzer Schrift. Dann blickte er auf die Tapete. Etwas derartig Kostbares hatte er noch nicht gesehen. Das gab es in der Wohnung seiner Mutter nicht. Die Wände waren kunstvoll geschmückt, mit stark farbigem, rauem Putz in Quadrate eingeteilt, um die jeweils glatte, ganz gleichmäßige, graue Streifen aufgemalt waren, was dem Flur einen gediegenen Eindruck gab. Auf der rechten Seite sah er eine weitere Tür, die geschlossen war, und davor eine grau und rot bemalte Holztreppe, die in einem Bogen nach oben führte, wohin, davon hatte er keine Vorstellung, aber er wusste, dass er das gern erkunden wollte. In diesem Augenblick wurde er abgelenkt, weil aus der linken Tür eine alte, schwarz gekleidete Frau zuerst schaute und dann hervor kam. Sie hatte silbernes Haar, das sie in einem Knoten auf dem Hinterkopf befestigt hatte. Wer das nun wäre, begehrte sie zu wissen, was er im Haus suchte, ob es vielleicht eines dieser Zigeunerkinder wäre, die derzeit in der Gegend herumstrichen, um zu betteln und zu klauen. Die jüngere Frau legte ihre Hand an seine Wange und drückte seinen Kopf behutsam an ihr Kleid, an ihren Oberschenkel. Sie roch nach Seife und Frische und Sauberkeit, und der Junge atmete tief und dankbar. Dies wäre zunächst einmal ein müdes und hungriges Kind, erklärte seine Beschützerin, wahrscheinlich verstoßen oder geflohen, aber voller Wunden und Narben, und sie ließe es nicht zu, dass ihm weiter Unrecht geschähe, denn er wäre noch viel zu klein, als dass er Schläge verdient hätte oder vertragen könnte. Die Schwarze, Charlotte hieß sie, schwieg und dachte nach, war sichtlich beeindruckt, kam heran und musterte die Narbe über seinem linken Auge, wo seine Augenbraue aufgeplatzt gewesen war, hob sein Haar und betrachtet unter Kopfschütteln den Schorf der Wunde, die ihm ein Gast seiner Mutter in seiner ekelhaften Lust erst vor vier Tagen zugefügt hatte, nahm ihn wortlos auf den Arm und trug ihn die kurze Treppe linker Hand hinunter, die in die Küche des Hauses führte. Ich sah, dass die Augen des zu Taxifahrers leuchten begonnen hatten, dass seine Gesichtszüge entspannt waren und seine Augen jetzt weitgehend trocken.

In der Küche stand rechts vorn ein großer Herd, daneben ein Kohlenschütter. Auf dem Herd bullerte ein hoher Topf mit halb aufgesetztem Deckel. Charlotte nahm den Deckel ab und stach mit einer Gabel da und dorthin. Der kleine Junge folgte der jüngeren Frau bis zu dem Tisch auf der anderen Seite des Raumes, vor dem auf einer Seite drei Stühle standen, ein weiterer vorn. Um zwei Seiten lief eine hellbraune Bank mit einer Sitzfläche voller Längsrillen. Die Frau hob den Kleinen hoch und setzte ihn auf den Stuhl an der Stirnseite. Sie selbst nahm ums Eck auf der Bank Platz, während Charlotte drei Teller brachte, Messer und Gabeln und dann eine Platte mit einem Stück zartrosa Fleisches sowie eine Schüssel mit Kartoffeln und eine weitere mit grünem Salat. Die junge Frau schnitt Scheiben von dem Kasseler ab, legte sie ihm vor, zerdrückte auf seinem Teller eine Kartoffel mit Butter und forderte ihn auf, zu essen. Das Kind griff mit beiden Händen zu, stopfte sich alles an Speisen durcheinander in den Mund, schluckte hastig, stopfte wieder und schlang, als gäbe es kein nächstes Mal. Denn davon war der Kleine überzeugt, dass es so viel gutes Essen wohl nur einmal in seinem Leben geben würde. Die Frauen schauten sich an. Charlotte zuckte die Schultern, sie ließen ihn gewähren, bis er sich satt und seufzend zurücksetzte. Dann aber kam eine Schüssel mit Schokoladenpudding auf den Tisch, und der Junge erhielt einen Löffel und die erste Lektion in sittsamem Essen, die er um des herrlichen Geschmacks willen sehr gern akzeptierte, und weil er sich doch schämte, so gar nichts zu wissen.

Wir fuhren durch die kleine Ortschaft, die der Abtei am nächsten liegt. Die Straße dort führte steil abwärts, zunächst zwischen Weinbergen hindurch, dann, hinter dem Ortsschild, durch eine schmale, verwinkelte, mittelalterliche Innenstadt. Die Verkehrsführung dort war abenteuerlich, weil es Ecken gab, um die man einfach nicht schauen konnte. Der Fahrer schwieg, weil er sich konzentrieren musste. Dennoch hätte er fast einen Kleinbus gerammt, der wie aus dem Nichts vor ihm aufgetaucht war und zudem, das schloss ich, obwohl ich keinen Führerschein besaß, die Vorfahrt hatte. Der aufgedunsene Mann blieb völlig gelassen, sodass ich ihn kurz um sein Gottvertrauen beneidete. Dann schoss sein Wagen über Eisenbahnschienen am Ortsausgang und wieder hinein in die Landschaft, eine breite Landstraße entlang durch eine Allee von Kirschbäumen. Wieder wandte sich das Säufergesicht mir zu. Und als es mich so ansah, da erkannte ich hinter der rohen Maske den verwundeten kleinen Jungen, gepeinigt wie der gequälteste Märtyrer, ohne Liebe in seinen wichtigsten Monaten und Jahren, aufgenommen nicht aus elterlicher Fürsorge, sondern aus der Gnade fremder Leute. Ich hatte Mitleid mit ihm und trotz meiner Unruhe und Furcht auch ein gutes Maß an Verständnis. Da begann er, weiter zu erzählen, und ich lauschte.

Die Zeit in diesem Haus wäre wohl die schönste und segensreichste in seinem Leben gewesen, führte er aus. Charlotte und die Frau, die ihre Tochter war, hätten sich rührend um ihn gekümmert, hätten ihm zu essen gegeben, gute Milch zu trinken, hätten ihn in einem warmen Bett untergebracht, ihm Geschichten vorgelesen, sein Schweigen ertragen, bis er eines Tages ganz von selbst zu sprechen begonnen hätte. Zu aller Überraschung konnte er von Anfang an ganze Sätze bilden und Zusammenhänge schildern. Auch Charlottes Klavier war für ihn eher eine angenehme Herausforderung als ein Hindernis. Das Leben hatte für ihn einen Sinn bekommen. Wenn er nachts in seinem kleinen Bett lag, dann sprach er artig das Gebet, das ihn die Frau gelehrt hatte. Er ersann aber zusätzlich ein Eigenes und schwor dem Herrn, den er sich als angenehm ruhigen, älteren Mann ohne sexuelle Gelüste, wohnhaft in einer Etage über den Wolken, vorstellte, dass er jeden Tag seines Lebens ein Dankgebet sprechen würde, ihm, dem Herrn, zum Lob und Preis, der ihn aus der Hölle in den Himmel geführt hätte.

Jahre gingen ins Land. Er hatte sich mit dem Hund namens Lux derart angefreundet, dass er manchmal in der Mittagszeit mit ihm in seiner kleinen Hütte hinter der Bretterwand ein Nickerchen machte. Die Jungen des Dorfes hatten ihn freundlich aufgenommen. In der Schule machte er gute Fortschritte. Über all das wachten die beiden Frauen, die bemüht waren, ihn nicht zu verletzen, weder körperlich noch seelisch, die sich zugleich anstrengten, aus ihm ein angenehmes Glied der menschlichen Gesellschaft zu machen, was ihnen gut gelang. Wenn es nach ihm gegangen wäre, schnob und schniefte der Taxifahrer, jetzt wieder in Selbstmitleid zerfließend, hätte dieses Leben bis an sein seliges Ende gehen können und seinetwegen noch darüber hinaus. Noch heute hätte er den Geschmack von süßsauren Speckbohnen im Mund, von Filetkasseler auf geschmortem Sauerkraut, von süßem Kakao und würzigem Kräutertee. Doch mit des Geschickes Mächten wäre eben kein ewiger Bund zu flechten, wie es in der „Glocke" geheißen hätte. Eines Nachts wäre er plötzlich wach geworden, ganz gegen alle Regel, denn er hätte einen süßen und festen Schlaf gehabt, da er sich wohl und behütet gefühlt hätte. Während des Erwachens hätte ihn ein Gefühl der Verzweiflung durchlaufen, vergleichbar mit dem während eines

Unfalls, wenn man die ganze Zeit wüsste, dass am Ende des Sturzes eine schmerzhafte Verletzung stehen würde, und man immer nur wünschte, diese möge nicht allzu schlimm ausfallen. Kaum wäre er völlig bei Bewusstsein gewesen, da hätte ihn ein rasender Kopfschmerz auf das Kissen gedrückt. Er hätte in dem Augenblick nicht gewusst, was er tun sollte. Egal wie er den Kopf bewegte, immer hätte an einer anderen Stelle die Pein wie Feuer gewütet. Er hätte auch versucht, seine Stirn an der Zimmerwand zu kühlen, aber der Erfolg wäre nur von Sekundendauer gewesen. Nun hätte ihn die nackte Verzweiflung übermannt, die schreckliche Furcht, verstoßen und aus dem Haus gejagt zu werden, denn was sollten die beiden Frauen mit einem schwerkranken Jungen wohl anfangen, wozu wäre er noch nütze? Er könnte sie noch nicht einmal durch lustige Erzählungen oder Fortschritte am Klavier unterhalten und belustigen. Die Vorstellung wurde zu Morgengrauen hin immer schrecklicher, sodass er beschloss, seine Not und seine Schmerzen zu verheimlichen. Aber als Charlotte ihn zum Frühstück vermisste, da wäre sie in sein Zimmer gekommen, hätte ihn bewusstlos in seinem Bettchen gefunden, die Hände zusammengeschlagen, geschrien und gerufen, hätte seine Wange gestreichelt, die vom Fieber rot und glühend heiß gewesen wäre. Da wäre auch die jüngere Frau, ihre Tochter, hinzugekommen, hätte immer wieder mein Jesus! geschluchzt, wäre schließlich aus der Küche hinauf in den viereckigen Flur gerannt, an das schwarze Telefon, um den Doktor anzurufen und herbeizubitten. Der kleine, korpulente, halb glatzköpfige Landarzt mit der dicken Hornbrille, der stets nach Desinfektionsmitteln roch, wäre ein alter Freund der Familie gewesen, dem übelwollende Leute sogar ein kurzes Techtelmechtel mit der Tochter des Hauses nachsagten. In jedem Fall wäre er innerhalb einer Stunde im Zimmer des Jungen gewesen, hätte seine Stirn befühlt, ihm mittels eines Holzspatels in den Hals geschaut, hätte in seinem kleinen, vernarbten Hintern Fieber gemessen, nicht ohne die Frauen mit hochgezogenen Augenbrauen vielsagend anzusehen, hätte einen Fuß ergriffen, das Bein im Kniegelenk gebeugt, dann das andere, hätte ein sehr bedenkliches und zugleich hilfloses Gesicht gemacht, denn eine Diagnose wäre ihm nicht eingefallen, weil Kinderlähmung auszuschließen war. Dann wäre eines jener seltenen Wunder geschehen, berichtete der rotgesichtige Fahrer weiter, ein Wunder, das ihm letzlich das Leben gerettet hätte. Wobei er inzwischen gar nicht mehr wüsste, ob das wirklich zu seinem Vorteil gewesen wäre, denn ob einerseits dieses verkorkste Leben oder andererseits gar keines, das schiene ihm inzwischen egal. Der kranke Knabe hätte sich an einen Artikel in der Zeitschrift Revue erinnert, in der von einer schlimmen Krankheit namens Gehirnhautentzündung die Rede gewesen wäre. Also zwang er sich zu einem wachen Augenblick, murmelte das Wort, um sofort wieder in seinen Fiebertraum zu verfallen. Der brave Mediziner stutzte, erbleichte und begann, zu begreifen. Er war gewiss ein tüchtiger Praktiker im Umgang mit den üblichen Leiden der Landbevölkerung, auch hatte er in einigen besonderen Fällen schwere Infektionskrankheiten kennengelernt. Meningitis aber war ihm noch nicht untergekommen. Das aber musste ihm der Neid lassen: Er handelte, ohne zu zögern, stürzte ans Telefon, bestellte einen Krankenwagen und meldete den Kleinen in einem Krankenhaus an, das einige 50 Kilometer entfernt im Wald lag und wo auch hoch ansteckende Krankheiten so gut wie möglich behandelt wurden.

Die Fahrt wäre ihm nur deshalb in Erinnerung geblieben, weil jedes Stöckchen, jede Unebenheit, in seinem Kopf zu spüren gewesen wäre wie Stich mit einem Messer direkt ins Gehirn. Dann wäre er in gleißenden Farben und Träumen versunken, in Bildern von keuchenden Männern und tretenden Müttern, von der lieben Charlotte, die um ihn weinte und deren Tochter, die denn auch wirklich neben seiner Bahre im Krankenwagen gesessen hatte, um seine glühende Hand zu halten und seine nasses Haar zu streicheln. Als Nächstes erinnerte er sich an ein knisternd sauberes Krankenbett, an eine ältere Schwester, die beruhigend auf ihn einredete und an eine Ärztin mit zwei Männern im Gefolge, die einen Wagen mit einem Tablett voller merkwürdiger Geräte in das Zimmer schoben, in dem er allein lag. Dann umfing ihn wieder eine gnädige Ohnmacht, sodass er nur noch das Wort „Strychnin" vernahm, nicht aber bewusst Anteil an der ersten von 14 Rückenmarkpunktionen hatte, an die er später immer wieder voller Grauen denken sollte. Er erwachte am nächsten Morgen. Die Schmerzen waren jetzt erträglich, wenn auch das Fieber seinen Geist verschleierte. So geschah das Schreckliche, das Unabwendbare, vollzog sich sein Schicksal. Zwei Frauen kamen gegen Mittag in sein Zimmer. Eine führte ein Brett mit einem daran geklemmten Bogen Papier mit sich. Die nette Schwester begleitete sie, schüttelte sein Kissen auf, erinnerte ihn daran, dass er sich nicht aufrichten dürfte, wollte er wieder gesund werden, wischte ihm die Stirn mit einem kühlen Lappen ab und setzte ein Glas mit Limonade an seine aufgesprungenen Lippen. Er trank und hörte nebenbei die erste Frage der Frau mit dem Papier und dem Bleistift. Seinen Namen wollte sie wissen, wo er wohnte, wer seine Eltern wären. Da wäre es einfach aus ihm herausgesprudelt. Er hätte erzählte, wie ihn seine Mutter geschlagen und gedemütigt hätte, wie ihn die schmutzigen Männer wieder und wieder bestiegen hätten, wie er hätte schreien wollen und nicht können, wie er ausgebüxt wäre und schließlich von den beiden Frauen aufgenommen, geliebt, versorgt und bemuttert. Zwar fiel er gleich darauf wieder ins Delirium, aber bevor sich sein

Bewusstsein davonmachte durch den langen, weißen Tunnel auf das goldene Licht zu, bevor die wogenden Schatten über ihn fielen, das rief etwas in seinem Inneren, dass er einen fürchterlichen Fehler gemacht hätte, als er unnötigerweise seine Identität preisgegeben hatte.

Nach sechs Wochen, in denen ihn niemand besuchen durfte, in denen die beiden Frauen nur durch ein kleines Fenster zu ihm hineinschauen durften, einer Zeit voller Spritzen links und rechts im Po und vieler weiter Punktionen kam die liebe Schwester eines Tages gegen Mittag fröhlich in sein Zimmer. Sie zog seine Bettdecke weg und rief, er sollte nicht so faul sein. Schließlich wäre er gesund. Außerdem wäre es Gründonnerstag, der Frühling hätte Einzug gehalten, und er dürfte, wenn er wollte, einige Schritte mit ihr durch das Wäldchen gehen. Selten hätte er sich so erleichtert gefühlt, zumal ihm eine andere Schwester berichtet hatte, dass in vier gleichzeitigen Fällen seiner Krankheit zwei Kinder gestorben wären und eines schwachsinnig geworden wäre. Aber, schluchzte der rotgesichtige Mann, er hätte sich zu früh gefreut. Bereits am folgenden Tag wäre ein Polizist gekommen mit einem Mitarbeiter des Jugendamtes. Sie hätten ihm barsch mitgeteilt, dass ihn die Frauen völlig zu Unrecht von seiner leiblichen Mutter weggenommen hätten. Auf den Einwand hin, dass ihn seine Mutter nur gequält und zur Vergewaltigung dargeboten hätte, rief der Mensch vom Amt, dass Recht nun mal Recht bleiben müsste, dass niemand einfach Kinder von der Straße auflesen dürfte, auch nicht mit guter Absicht, und dass sie ihn in sein eigentliches Zuhause schaffen wollten, um einmal abzusehen, ob er sich dort nicht doch besser fühlte. Ihm wäre so schlecht geworden, dass er sich hätte übergeben müssen. Doch als die Leute gegangen wären, hätte er sich in sein

Schicksal gefügt. Er wäre ja kein Kleinkind mehr, befand er, er würde sich zu wehren wissen.

Ein Fahrer der Behörde in einem VW-Bulli brachte ihn und eine habichtsgesichtige, bebrillte Jugendpflegerin zu dem großen, grauen Haus mit der Gaststätte im Erdgeschoss. Die lange, dürre, irgendwie knöchrige Frau hielt seine Hand und führte ihn über die Steinstufen, durch den glasverzierte Eingang, die Treppe hinauf, die an diesem Tag gar nicht nach Bohnerwachs roch, und klopfte an die Tür im ersten Stock, die er so hoffnungsvoll hinter sich gelassen hatte. Mit einem Ruck drehte sich die Pforte in den Angeln. Er sah die blonde Dauerwelle und die kirschroten Lippen seiner Mutter. Sie schien älter zu sein, als er sie in Erinnerung hatte, und wenn es ging, war sie noch verkniffener. Sie rief etwas von ihrem Jungen, ihrer ganzen Liebe und Fürsorge, den verlorenen Sohn, den Stolz ihres Lebens, sodass die Beamtin die Brille abnehmen und ihre Nase putzen musste, weil sie so gerührt war. Sie schüttelte der Mutter die Hand, wies jeden Dank zurück, wandte sich ab und stieg die Treppe hinunter, offensichtlich in dem Bewusstsein, einmal richtig Gutes getan zu haben. Die Mutter wartete einen Moment, bis unten die Tür ins Schloss fiel, und versetzte dem Buben dann eine derartig schallende Ohrfeige, dass er mit dem Kopf gegen die Türzarge schlug, halb bewusstlos vorwärts taumelte, um einen kräftigen und gezielten Tritt in den Hintern zu empfangen. Da lag er im Wohnungsflur ausgestreckt, verletzt und voller übler Erinnerungen. Die Mutter riss ihn hoch, hinein in den schäbigen Raum, in dem er seine schlimmsten Minuten erlebt hatte, schlug ihm mit der Faust gegen den Kopf und stieß ihn vor sich her bis zu der kleinen Küchenzeile mit dem Herd, dem Kühlschrank und dem Abfalleimer, aus dem er sich als Kleinkind ernährt hatte. Sie ließ von ihm ab, um von dem Couchtisch mit dem mosaikartigen Plastikmuster Zigaretten und Feuerzeug zu greifen, sich einen Filter zwischen die Kirschlippen zu klemmen, immer noch wortlos, das Feuerzeug nach einigen Versuchen anzuschnipsen und graublaue Wolken in die Luft zu blasen. Derweil hatte der Junge ein langes Messer ergriffen, das auf der kleinen Arbeitsfläche neben einem angeschnittenen Brot gelegen hatte. Er stand mit dem Rücken zu der Frau, die sich mit erhobener Hand näherte. Als er sie spürte und ihren säuerlichen Geruch einatmete, drehte er sich in einer Bewegung um und rammte ihr das spitze Messer in den Leib, zog es heraus, stieß es in ihre Brust, ließ es dort und sah voller Erleichterung und Freude, wie sie mit ungläubig aufgerissenen Augen in die Knie sank und vornüber schlug, die glühende Zigarette absurd vor und dann in einem Auge, den Mund aufgerissen, blubbernd und stammelnd.

Wir fuhren eine steile, enge Gasse hinunter, eine Einbahnstraße. Dann bog der Taxifahrer nach links ab, lenkte den Wagen über einen Zebrastreifen und auf den hässlichen, mit Kopfstein gepflasterten, Bahnhofsvorplatz. Eine zerfallende Ziegelmauer schirmte die Bahnsteige, die einen Stock höher lagen, von allen Blicken ab. Auf dem engen Rund standen noch drei oder vier weitere Taxen. Der rotgesichtige Fahrer wandte mir sein pickliges Gesicht zu, zwinkerte, grinste, streckte die Hand aus. Ich legte ihm ein 20-Euro-Note hinein und versuchte, in seinem Gesicht nach einer Regung oder etwas Ähnlichem zu forschen. Aber ich sah nichts außer einem devoten Dank. Dann drückte er die Wagentür auf, schritt um das Auto herum, öffnete den Kofferraum und brachte meinen Koffer hervor, stellte ihn vorsichtig auf das graublaue Pflaster, schwang sich hinter das Lenkrad und brauste mit aufheulendem Motor davon. Ich beeilte mich, ging durch den offenen Eingang, an einer Kneipe vorbei, in der

44

viele Menschen trotz der frühen Stunde dem Alkohol zu-
sprachen, machte mich auf den Weg durch den schmutzigen,
klinkerverkleideten, graffitigeschändeten Tunnel, der zu den
Bahnsteigen führte, blickte kurz auf die Fahrkarte, Bahnsteig
drei sollte es sein, stieg hinauf und fand mich im eiskalten
Wind wieder, der mir den Atem nahm und mir die gute Laune
raubte. In diesem Augenblick näherte sich der silberne Zug,
glitt heran, die Tür öffnete sich, ich schob den Koffer vor und
stieg hinterher, fand meinen Platz in der ersten Klasse in
einem leeren Abteil, hob den Koffer in das Gepäcknetz und
setzte mich. Durch das Fenster sah ich den Rhein und
dahinter eine eindrucksvolle Burgruine, aber ich blickte hindurch, ohne etwas zu begreifen. In meinem Kopf schwirrte es
von dem unerhörten Geständnis des Mannes. Mir war
bewusst, dass sein Leben verpfuscht war. Nur konnte ich nicht
zuordnen, ob der Mord der Moment seiner Schuld und zugleich der lebenszerstörende Auslöser war, ob das alles viel
früher angelegt war, ob es vielleicht sogar Notwehr gewesen
war.

Der Gast schwieg eine ganze Weile. Er war sichtlich betroffen,
hatte eine solche Geschichte von einem Mönch offenbar nicht
erwartet, hielt er uns doch alle für lebensfremd und hinter
dicken Mauern von der Welt abgeschirmt. Schließlich meinte
er, nachdem er sich ausgiebig geräuspert hatte, dass ich von
ihm nicht das erwarten dürfte, was allgemein als gesunder
Menschenverstand bezeichnet würde, also irgendeine Stamm-
tischansicht nach dem Motto geschieht ihr Recht! Oder das
hat sie nun davon! Der Knabe hat sich doch nur gewehrt! Und
ähnlichen Unfug mehr. Trotz allen Leides, dass ihm als
bitteres Unrecht zugefügt worden wäre, müsste sich der Taxifahrer damit anfreunden, dass er schwere und unverzeihliche
Schuld auf sich geladen hätte. Ließe die allgemeine Moral eine

Entschuldigung zu, begäbe sich die Gesellschaft auf einen schlüpfrigen Pfad, der über die Austragung von Konflikten mittels Gewalt bis hin zur uneingeschränkten Unterdrückung des Einzelnen führte. Recht und Unrecht ließen sich weder in Schwarz und Weiß abbilden, noch als wehende Fähnchen in den Wind hängen. In jedem Einzelfall bildete die Summe der Vorgänge, Aktionen und Reaktionen einen festen Grund, auf den sich eine ganz bestimmte Beurteilung aufbauen ließe. Nicht mehr, aber auch nicht weniger. Ich war über seine Scharfsinnigkeit ein wenig verblüfft, denn ganz sicher hatte er nicht meinen Hintergrund dreier Studiengänge, sowohl in Theologie als auch in Philosophie und in alten Sprachen mit zwei Promotionen, aber er war scharfsinnig und lernbereit. Also hörte ich ihm gerne zu, lehnte mich zurück, streifte die Kapuze ab und blinzelte in die warme Sonne. Es war ein Tag zum Genießen. Da, völlig unvermittelt, fragte er mich, ob ich in dem Zug nach Hamburg ein Bier getrunken hätte. Verlegen gab ich das zu, begründete das aber vor allem damit, dass ich Weißwürste gegessen hätte, zu denen Kamillentee wohl nicht so recht gemundet hätte. Ich mochte ihm nicht zugestehen, dass Bier seit meiner Studentenzeit einen ganz bestimmten Stellenwert in meinem Leben hatte und in der Zeit des Klosterlebens zu einer abstrakten Größe von unerhörtem Reiz geworden war. Auch die Würste hatten ihren bestimmten Platz in meinem Bewusstsein. Wir lebten im Kloster nicht notwendigerweise vegetarisch, wenn auch der Schwerpunkt nicht auf Fleisch lag. Aber in einem deftigen Bauernomelett fand sich durchaus das eine oder ander Stück Lyoner und an den Abenden, außer freitags und in der Fastenzeit, da stand leckerer Aufschnitt auf den Tischen des Refektoriums. Das überlegte ich, als mir einfiel, dass den Gast meine Essgewohnheiten einen Dreck angingen. Ich hub an, zornig zu werden, als er mich unterbrach und wissen wollte, ob ich mich an jene junge, dunkelhaarige Frau erinnern könnte, die zu Beginn seines Aufenthaltes im Gästebereich gewohnt hatte. Ich überlegte und das Gesicht fiel mir ein. Sie war eine Schönheit, wie man sie nicht alle Tage sieht. Aber ich hatte sie nicht wirklich wahrgenommen. Die junge Frau betraf mich nur insofern, als sie nicht im Refektorium essen durfte, denn das hatten seit annähernd 1000 Jahren nur Männer betreten. Ich hatte Frau Jasper deshalb gebeten, ihr die Mahlzeiten im Speiseraum für Gäste zu servieren, was zwar mit Umständen verbunden war, was wir aber im Sinne der Gastfreundschaft und der Regel des heiligen Benedikt mit Freuden taten.

Die schöne Unbekannte

Ein wenig umständlich setzte sich der Gast zurecht, rückte und ruckte hin und her, schluckte und hustete, kam mir so nahe, dass er mich am Arm berührte, dies aber sofort einstellte, als ich mir die Kapuze bewusst langsam über den Kopf zog bis tief in die Stirn. Nun ja, begann er, und ich fragte mich, ob ich nicht doch Besseres zu tun hätte. Also, das wäre so gewesen, dass er an einem Abend noch in die kleine Küche gegangen wäre, um sich eine Flasche Apfelwein zu holen. Er hätte die 1,50 Euro in den Kasten geworfen und sich dann überlegt, dass der Weg durch den Speiseraum der nähere wäre. Er hätte also schwungvoll die Tür aufgestoßen in dem sicheren Bewusstsein, ganz allein auf dieser Etage zu sein. Dann hätte er etwas gesehen, nicht erkannt, näher hingeschaut und zu seiner völligen Verwunderung hätte er einen pechschwarzen Haarschopf erblickt, fein über einen wohlgeformten Kopf und die Schultern hinunter gekämmt. Er wäre in dem Augenblick völlig überrascht und deshalb erschrocken gewesen, hätte hastig die Tür hinter sich zugezogen und wäre hintenherum, also am Refektorium vorbei, zur Treppe gegangen. Auf dem Weg zu seinem Zimmer hätte er bereits mit sich selbst geschimpft, denn niemand hatte ihm untersagt, ein weibliches Wesen zu treffen. Er hätte sein Gewissen aber damit beruhigt, dass er gar nicht gesellschaftsfähig gewesen wäre, ungeduscht und nur mit Hose und Pullover über dem Schlafanzug bekleidet. Dann hätte er auf seinem Bett gelegen, mal die Regeln des heiligen Benedikt, mal die Psalmen in der Hand, doch stets in Gedanken an jenes Wesen, das er nicht hatte schauen können. Wenige Tage später hätte er zur Tageshore die Basilika betreten, leise und vorsichtig die schwere Tür geöffnet und geschlossen, wäre, wie er es jeden Tag tat, in die letzte Reihe der Bestuhlung getreten, hätte sein Gebet verrichtet und sich nieder gesetzt. In den vorderen Chor vor dem Altar wären die Mönche gezogen, aus dem Kreuzgang kommend, voller Andacht und schweigend. Er hätte gebannt hinübergeschaut, als die Männer in ihren Kutten den Sprechgesang begonnen hätten. Dann wäre sein Blick abgeschweift: nach vorn zur mächtigen Stirnwand mit dem Abbild des Erlösers, hinüber zur Kapelle mit der schmerzensreichen Madonna, zu den Kapitellen der Säulen und dann in die Reihen der Besucher und schließlich in die Reihe vor ihm, nach links. Dort hätte er ein Profil gesehen, das ihn in seiner Vollkommenheit an Michelangelo erinnert hätte. Marmorblässe umrankt von gelocktem, schwarzem Haar, eine vollkommene Nase, ein halb lustiger, halb sinnlicher Mund, dunkelrot, leicht geöffnet, wunderschöne, dunkelbraune Augen. Aus einem unbenennbaren Grunde wäre er sehr erschrocken. Er hätte das Haar erkannt, das er bereits einmal gesehen hatte, vor ganz kurzer Zeit, in dem Speiseraum für Gäste. Die Fremde musste etwas bemerkt haben. Denn sie hätte sich zunächst abgewandt, dann den Kopf recht auffällig zurück bewegt, offenbar in dem Bemühen, aus den Augenwinkeln zu erhaschen, wer sie da wohl anschauen und beobachten mochte. In dem Augenblick wäre die Hore vorüber gewesen, hätten sich die Mönche zum Altar gedreht für ihre schweigende Einkehr, und der Gast hätte aufstehen müssen, um zur Kapelle hinüber zu gehen, wo er wie immer in Empfang genommen wurde, um von einem Pater zum Refektorium geleitet zu werden.

Die Mönche kamen vom Kreuzgang her. Er wartete vor der offenen Tür, bis der Pater ihm den Zugang gestattete, ging hinüber zu dem Stuhl, der ihm angewiesen war, und stellte sich still und andächtig dahinter auf. Nach und nach versammelten sich die meisten Brüder der Abtei, bis schließlich der Prior kam, sich ein Stück Brot griff und hinüberschritt zur Tafel des Abtes. Als völlige Ruhe eingekehrt war, machte der Prior ein leises Geräusch und alle zum Mahl Anwesenden setzten sich. Wieder trat Ruhe ein, wieder ein leises Knacken, der Pater auf der Empore begann, vorzulesen, seine Brüder und der Gast nahmen ihre Servietten auf und drehten die Gläser auf ihren Plätzen um, so sie denn Apfelwein wünschten. Wer lieber Apfelsaft hatte, ließ sein Glas zunächst mit dem Boden nach oben neben seinem Teller stehen. Nachdem der Prior den Dank und den Segen vollendet hatte, stand er auf und ging hinaus, verließ das Refektorium und ging am Kreuzgang vorbei zu der schweren Holztür, die zum Gästetrakt führte. Er hatte die Nachspeise mitgenommen, einen wunderschönen, rotbackigen Apfel, hielt ihn in der Hand, warf ihn immer wieder mal hoch, um ihn aufzufangen, bis er spürte, dass er beobachtet wurde. Das war im Kloster ungewöhnlich, denn Gäste und Mönche begegneten sich nur, wenn ein Treffen beabsichtigt war. Sie hatten eine eigene Pforte, durch die sie das Haus verließen, um in die Kirche zu gehen oder durch die Anlagen zu wandeln. Er schaute sich um, sah nichts, und begann, die lange, lange Treppe hinanzusteigen, die ihn während seiner Krankheit so viel Kraft gekostet hatte. Weitere Stufen, mehr als 30 an der Zahl, führten ins Obergeschoss und durch eine Flügeltür gelangte er in den Gang, an dem die Gasträume lagen. Einige Dutzend Schritte entfernt, auf dem halben Weg zu den Duschen und Toiletten, stand sie, langes, schwarzes Haar, dunkle, große Augen, bekleidet mit einer engen, weißen Leinenhose und einer roten Bluse, deren dünne Träger reizvoll über ihre Schultern liefen und die tief ausgeschnitten war mit gerafftem, roten Stoff über ihrem schönen Busen. Er wäre erstarrt bei diesem Anblick, hätte in der halb geöffneten Tür gestanden und geschaut.

Die Frau zeigte keine sichtbare Regung, hielt die Arme ruhig an den Seiten, schaute zu ihm hinüber. Zögernd ging er auf sie zu. Zwar wollte er Kontakt aufnehmen mit der schönen Unbekannten, er hatte aber zugleich Bedenken und Gewissensbisse. Seine Zeit im Kloster war nicht für einen Flirt oder gar für eine Affaire ausgelegt oder überhaupt für den engen Umgang mit dem anderen Geschlecht. Er war auf Zeit in die Abtei gegangen, um Abstand zu gewinnen vom Lärm und Trubel, von den Verlockungen und Versuchungen und Versprechungen der Welt, von der Hetze der Termine, von den sprudelnden Reden, Zureden und Ausreden, von der Gliederung des Tages in Sekunden, Minuten und Stunden. So schritt er fest aus, obwohl im bang und unbehaglich war. Er redete sich ein, dass eine so tolle Frau an ihm, dem Durchschnittsknaben, kurz geraten und nicht eben hübsch, kein ernsthaftes Interesse haben konnte, noch nicht einmal unter dem Gesichtspunkt, dass er derzeit der einzige Nicht-Mönch in den Klostermauern war. Als er sich bis auf einen Schritt genähert hatte, hörte er, wie sie Hallo! gurrte, und er antwortete mit einem aufgesetzt forschen Hi! Noch immer stand sie unbewegt, auch, als er die Tür zu seinem Zimmer

50

aufschloss, voranging und sie einließ. Die Frau zögerte keinen Augenblick, stand einen Moment auf der Schwelle und blickte sich um, sah das Handwaschbecken und den Spiegel links vorn, das schlichte und ungemachte Bett, den Schreibtisch mit dem Holzstuhl davor, die rostbraune Couch, die vor 50 Jahren dem Zeitgeschmack entsprochen haben mochte und betrachtete interessiert den schweren, alten Eichenschrank mit den handgearbeiteten Kreuzmotiven auf den Türen. Das Bild über dem Sofa mochte eine sommerliche Landschaft darstellen mit einem Sandweg, der jedoch an eine Krampfader erinnerte. Ganz unbefangen setzte sie sich auf die Bettkante, lachte ihm zu, und er wusste im Augenblick nicht, was er tun sollte. Da fielen ihm die Flasche Apfelwein ein, die geschmuggelte Flasche Wodka in seiner Reisetasche, die Becher, die er immer mit sich führte und er begann, sich zu entspannen. Sie nahm ihm den Becher mit dem Apfelwein ab, dankte, nippte daran, verzog den Mund ein wenig, lächelte aber, als er den Schnaps einschenkte. Die unerwartete Besucherin stürzte das starke Getränk hinunter, verlangte einen weitern, trank auch den, schaute interessiert zu, als er seinen Doppelten austrank, hatte, wie er bemerkte, bereits leicht glasige Augen. Sie tranken noch einen, dann jeder einen Schluck Wein aus einem Becher und noch einen Wodka. Ihm war, durch den Alkohol, alles so ziemlich egal geworden. In seiner Besucherzelle saß eine der hübschesten Frauen, die er je in seinem Leben gesehen hatte, auf seinem Bett und trank mit ihm wie ein Kutscherknecht. Er setzte sich neben sie, legte den Arm um ihre Schulter, spürte, wie sie erschauerte, küsste sie und begann, sie zu liebkosen. Sie neigte sich ihm entgegen, erwiderte seinen Kuss mit aller Leidenschaft. Die Schöne gab ihm immer neue Rätsel auf. Sie trug keine Unterwäsche und liebte ihn mit einer solchen Leidenschaft, wie er es, trotz seiner bewegten Vergangenheit, noch nicht erfahren hatte.

Wieder und wieder forderte sie ihn heraus, stachelte ihn an, bis er seufzend und ermattet zurücksank, auf dem Rücken lag, ein Knie angezogen, die ebenfalls erschöpfte Frau in seinem Arm, das schwarze Haar auf seiner Brust. Langsam kehrten Ruhe und Nüchternheit zu ihm zurück, und Reue trübte sein Herz. Die Sache war kein Spaß. Sie könnte ihm im schlimmsten Fall den Aufenthalt verdorben haben. Er verkrampfte ein wenig und wurde sich mehr und mehr bewusst, dass sie beide schwiegen, bisher eigentlich noch gar nicht miteinander gesprochen hatten.

Mir war während der Erzählung bang und bänger geworden. Ich beobachtete den Gast genau, um herauszufinden, ob er sich das alles nur ausgedacht hatte, um mich auf irgendeine merkwürdige Probe zu stellen oder einfach, um mich zu unterhalten, mich, von dem er annehmen musste, dass alle weltlichen Gedanken mir entweder verborgen und fremd oder ein Gräuel sein mussten. Ich wollte ihn just fragen, als der Gast mich mit einer Geste bat, zu schweigen und ihm weiter zuzuhören. Also lehnte ich mich zurück, schloss die Augen halb und lauschte. Der Mann fuhr fort und erzählte, dass die Frau sich nackt erhoben hätte, um zu den beiden Fenstern hinüberzugehen. Das war ein unglaublicher Anblick, berichtete er. Dieser vollendete Körper, die geschmeidigen Muskeln ihres Gesäßes, der flache Bauch, die festen Brüste. Er konnte die Augen nicht abwenden. Die hohen Fenster waren wie mit Doppelglas verkleidete Scharten in den dicken Abteimauern. Man konnte nicht hinausblicken, wenn man sich nicht auf die Zehenspitzen stellte oder, wie er es zu tun pflegte, auf einen Stuhl stieg. Sie streckte und reckte sich, sodass er den Eindruck hatte, sie benutzte einen Vorwand, um sich ihm in ihrer ganzen Schönheit zu zeigen. Dann, als wäre sie zufrieden mit dem Gesehenen, drehte sie sich um und ging langsam und mit einem lässigen Schwung ihrer Hüften zum Bett hinüber, angelte sich die Leinenhose, zog sie an, streifte die Bluse über, ging um den Tisch herum, setzte sich breitbeinig auf die Couch und bat ihn, in dem Sessel an ihrer Seite Platz zu nehmen. Sie hätte, erklärte sie mit umflortem und in die Ferne schweifenden Blick, in ihrem Leben stets Pech gehabt, wenn es um Liebe und Beziehungen gegangen wäre. Bereits in ihrer Kindheit wäre sie zu manchem Doktorspiel bereit gewesen, in dem Glauben, bei den Jungen in der Nachbarschaft auf diese Weise einen besseren Stand zu haben. Auch als sie begann, Frau zu werden, hätte sie versucht, Männer und manchmal auch Frauen durch ihre Sexualität zu beeindrucken. In dem kleinen Ort in Norddeutschland, in dem sie das Gymnasium besucht hatte, hätte sie sich fast an jedem Tag nach Schulschluss in den ersten Stock einer Eisbar begeben. Dort hätten sich die Geschlechter getroffen, Eis gegessen oder Bier getrunken, das sie selbst vom Tresen unten geholt hätten. Oben hätte es keine Aufsicht gegeben. Am beliebtesten wäre dort das Fummeln an Schenkeln unter den Tischen gewesen, und mehr als ein Mal hätten sich die Finger zweier junger Männer an ihrem empfindlichsten Punkt getroffen, der eine sich an ihrem linken, der andere an ihrem rechten Bein vom Knie aufwärts vorarbeitend. Manchmal, ganz selten, hätte sie Lust empfunden. In der Regel wäre es aber nur der Versuch gewesen, sich mit den anderen auf eine Stufe zu stellen, sozusagen gemeinsam eine als angenehm empfundene Tätigkeit auszuüben. Später, nach dem Abitur, hätte sie sich oft gefragt, was sie so unfähig zu einer echten Beziehung gemacht hätte. Sicher hätte ihre Mutter, als sie selbst noch klein war, häufig Liebhaber in die Wohnung gebracht, hätte ihr Vater sie, als sie noch kein Haar und keinen Busen hatte, mehr als einmal viel sorgfältiger in der Badewanne gereinigt, als es Not gewesen wäre. Auch wäre er zweimal oder dreimal in ihr Zimmer gekommen, hätte ihre Bettdecke zurückgeschlagen, sie berührt und an jener bestimmten Stelle geküsst, bis ihr ganz heiß und kalt zugleich geworden wäre. Aber das betrachtete sie nicht als ausschlaggebend, weil sie glaubte, das wäre auch in anderen Familien gang und gäbe.

Auch bei uns, fuhr sie fort, gab es Partys und Feten. Die Jugendlichen trafen sich dort nicht zuletzt, um aneinander auszuprobieren, was jedermann viel Spaß machte. Aber mehr und mehr wäre sie diese Rituale leid gewesen, die die Sagan einst als die bloße Berührung zweier Hautoberflächen beschrieben hatte. Sie wurde dieser blöden Spiele überdrüssig, dem so tun als verweigerte man sich, während man doch schon nach einem gemütlichen Plätzchen Ausschau hielt. Richtig schlimm wurde es für sie, als sie erkannte, dass sie Männer in begehrenswert und weniger anziehend einteilte, ohne ihr Gefühl in irgendeiner Weise zu beteiligen, von der berühmten und besungenen Liebe ganz zu schweigen. In dieser Zeit, kurz nach dem Abitur, war sie einige Monate lang auf Reisen, um sich auf Kosten ihrer Eltern fortzubilden, die mehr zu ihrer Erziehung nicht beitragen konnten. Sie war in England, schwärmte sie, im herrlichen London, im Lake District, an der Felsenküste von Devon und Cornwall. In Torquai hatte sie eine kurze Affaire mit einem schönen Mann, der für die Sauberkeit des Hotel-Pools verantwortlich war. Bereits auf der Rückfahrt zerbrach sie sich den Kopf, wie sie wohl gleichzeitig ihr Leben gestalten, sich weiter fortbilden und dazu Geld verdienen könnte. Als sie in Köln den Zug wechselte, wäre ihr Blick auf eine Anzeige gefallen, in der für eine Hotelkette geworben wurde. Also griff sie sich, kaum zu Hause angekommen, alle Zeitungen und Zeitschriften, derer sie habhaft werden konnte, und suchte nach Adressen. Sie wurde fündig. Ein Best Western Hotel in günstiger Reichweite suchte Auszubildende. Sie zögerte nicht, rief dort an und wurde mit einem Mann verbunden, der einen lustigen, französischen Akzent hatte. Auf ihre Frage nach einer Einstiegsmöglichkeit für sie als frischgebackene Abiturientin erhielt sie eine mehrminütige Auskunft, die in der Frage nach Alter, Haarfarbe, Größe und, mit dem Vermerk scherzhaft, nach ihren Körpermaßen mündete. Sie nahm den lustigen Tonfall auf, schilderte ihr Äußeres und erhielt die erstaunliche Antwort, sie wäre eingestellt und sollte sich an einem der nächsten Tage mit Koffer im Restaurant einfinden, für Unterkunft wäre gesorgt.

Am nächsten Morgen fuhr sie mit ihrem alten Polo, den ihr Vater sich vom Munde abgespart hatte, die Autobahn entlang, durch den dichten Verkehr der nächsten und einzigen großen Stadt zwischen Start und Ziel, hinaus, dreispurig, am kleinen Flughafen vorbei, am Rasthof und schließlich auf die Nebenstrecke. Rechter Hand sah sie ein Gewerbegebiet und dann die fernen Hochhäuser einer Trabantenstadt, imposant, erschreckend gleichförmig. Alte Dörfer, inzwischen Teile der neuen Stadt, lagen links und rechts der Autobahn, Schilder wiesen auf Sehenswürdigkeiten, ein Schloss, ein Wissenschaftsmuseum, ein Fußballstadion hin. Am Ende der Schnellstraße fuhr sie im steilen Bogen ab auf eine Bundesstraße, wenige Hundert Meter und sie hatte ihr Ziel erreicht. Das Hotel war aus Fachwerk aufgeführt, aber blitzend neu und imposant mit seinem Anbau, in dem die Zimmer wabenförmig übereinander angeordnet waren. Es lag ein gutes Stück außerhalb eines kleinen Ortes an der Kreuzung zweier alter Handelsstraßen auf dem Gelände, auf dem einst eine Mühle gestanden hatte. Sie lenkte ihren Wagen die schmale Auffahrt hinauf und hielt neben prächtigen Karossen auf einem grasbewachsenen Parkstreifen. Der Rückspiegel bestätigte ihr, was sie ohnehin wusste; dass sie schön war, jung und gepflegt. Also schwang sie ihre langen Beine vom Fahrersitz, griff sich ihre Handtasche, stieg aus, verschloss das Auto und ging hinüber zur Rezeption. Auf der linken Seite blickte sie neugierig durch die Fenster in das beleuchtete Restaurant, das zweistöckig war, im Gegensatz zum vierstöckigen Hotel. Eine lautlose, elektrisch zur Seite gleitende, Tür führte in den Empfangsbereich. Auf der gegenüberliegenden Seite erstreckte sich eine Bar durch den halben Raum, leicht geschwungen, edles Holz, stilvoll. Links daneben standen schwere Tische, darum herum waren mächtige Klubsessel geschmackvoll gruppiert, an einer Wand ein neo-expressionistisches Gemälde, das in grellen Farben und mit schrillen Strichen in Blau, Rot und Gelb das Gesicht einer jungen Frau darstellte. Sie wandte sich nach rechts, wo hinter einer imposanten Theke ein junges, hübsches, dickliches Mädchen stand. Es drehte sich gerade weg, um einen Brief in ein Fach zu legen. Sie betrachtete die blaue, unvorteilhafte Hotel-Uniform, die schlanken Beine und das breite Gesäß der Empfangsdame, dann ihren zu großen Busen, das gerötete Gesicht und das dunkelblonde, schöne aber schlecht frisierte Haar. Ob sie ein Zimmer reserviert hätte, begehrte die junge Uniformierte zu wissen. Als die Frau erklärte, dass sie bestellt worden wäre, um möglicherweise eine Ausbildung anzutreten, lächelte das Mädchen im Empfang freundlich und erfreut, kam um die hölzerne Barriere herumgeeilt, um ihr die Hand zu schütteln, stellte ein goldglänzendes Metallschild auf die mahagonifarbene Platte auf dem stand, dass sie in wenigen Minuten zurück wäre, nahm die Hand der Besucherin und zog sie an der Bar vorbei, an den dezent zurückgesetzten, teakfarbenen Toilettentüren, in Richtung Restaurant.

Hinter der Bar, fast schon im Speisebereich, stand ein junger, hübscher, dunkelhaariger Mann. Sie betonte ihren Hüftschwung und blinzelte ihm fröhlich und unbefangen zu. Der erstarrte in seiner Bewegung, ein Glas in der linken, das Küchentuch in der rechten Hand, verzog dann den Mund zu einem Grinsen und polierte weiter, während sie sich bereits auf Höhe des Passes befand. Auf der Restaurantseite lehnte ein üppiges Mädchen an der Durchreiche, ganz dunkles Haar, hübsches Gesicht, schwarzer Rock, weiße Bluse. Hinter ihr stand eine gelockte Blonde, ebenfalls in Schwarz und Weiß, eine junge Schönheit, angeübter Schmollmund. In der Küche wirbelten ein untersetzter Koch mit einem Dreitagebart, der unwillkürlich an die Comicfigur Kater Karlo erinnerte, und ein beflissener, kleiner Jugendlicher, der weit mehr zu rennen und sich zu drehen schien, als angebracht. Beide hatte hohe Kochmützen auf den Köpfen, schienen mit ihrer Arbeit völlig ausgelastet zu sein, sodass sie von dem Besuch keinerlei Notiz nahmen. Da erscholl aus dem Nichts eine Stimme, nicht laut, aber deutlich vernehmbar, mit starkem französischen Akzent, sehr betont, fast elegant im Tonfall, zumindest in deutscher Sprache. Der bis dato Unsichtbare verlangte nach Jean-Marc und fügte auf Französisch hinzu, dass dieser sich gefälligst zu beeilen hätte, das Telefongespräch käme aus Frankreich. Die Dame aus dem Empfang ging voran, sie folgte, ein wenig bang im Herzen, ging es doch, so meinte sie, um ihre Zukunft. Ein kurzer Gang, am Ende eine offene Tür, ein Büro, ein Schreibtisch und dahinter, mehr thronend als sitzend, ein schmales Männlein mit Halbglatze in Kochkleidung, aber ohne Mütze. Er schaute vom Schreibtisch auf, wedelte mit der Hand, die Frau von der Rezeption könnte gehen, schaute die Frau an, und etwas trat in seine Augen, was sie hinterher nie genau beschreiben konnte. Es war eine Art Verklärung, wie sie manchmal auf mittelalterlichen Gemälden zu sehen wäre, zugleich eine Lüsternheit wie die übertrieben dargestellte Begierde in Stummfilmen, und weiter ein gefälliges, durchaus angenehmes, fast weltläufiges Schmunzeln der Begrüßung. Wie hypnotisiert hörte sie den berühmten Chefkoch klar und deutlich sagen „Marcel, bitte schön!" Sie blickte bewusst in die rehbraunen Augen, in das asketische Gesicht, auf den lichten Kranz der Haare, bevor er zu wissen begehrte, was er für sie tun könnte. Sie hätten telefoniert, führte sie aus, weil sie auf der Suche nach einer Ausbildung im Gastgewerbe wäre. Er nickte verständnisvoll und begann ausführlich, die Berufe in Hotel und Küche zu beschreiben, setzte seinen Akzent als Mittel der Koketterie ein, ließ nicht aus, dass er bereits in einem 5-Sterne-Hotel in Nizza gearbeitet und bis vor Kurzem im Rheinland ein eigenes Haus geführt hätte, gemeinsam mit einem Partner. Belgier wäre er, schwadronierte er weiter, ohne dass sie die kleinste Chance gehabt hätte, seinen Redefluss zu unterbrechen. Sein Bruder wäre das Oberhaupt seiner wohlhabenden Familie. Begründet hätte den Stand unter den Reichen des Landes sein Vater, der auch in der Politik ein einflussreicher Mann gewesen wäre, neben seinem kaufmännischen Erfolg. Mitbegründer der liberalen Partei seines Landes wäre er gewesen. Monsieur Marcel drehte seine Stuhl um, griff in das Regal an der Wand und zog eine große, durchsichtige Flasche hervor, die ein gelbes Etikett hatte. Er stellte sie auf den Tisch, holte aus einem Fach zwei große Cognacschwenker, goss sie halb voll, schob einen seiner Besucherin hin und schnupperte am anderen. Sie war jetzt doch verunsichert. Aber just dagegen konnte der Schnaps helfen, dachte sie, senkte die Nase ebenfalls über das Glas, roch und schluckte dann entschlossen das Getränk hinunter, das wie Feuer brannte und ihr Tränen in die Augen trieb. Lebenswasser, Eau de Vie, rief der Koch, das wäre noch jedermann gut bekommen, schenkte erneut ein, prostete und trank ihr zu, sodass sie folgte und feststellte, dass der zweite Schluck ihr weitaus besser schmeckte und bekam als der erste. Mutig war sie geworden, fragte jetzt direkt, was ihre Aufgaben wären, was es auf sich hätte mit ihrer Unterkunft, was ihr neuer Chef von ihr erwartete. Der blinzelte listig, wie er meinte, setzte ein Lächeln auf und erklärte unumwunden, dass er sie vernaschen wollte. Einen kurzen Moment war sie überrascht, nicht eigentlich erschrocken, eher verwundert und erstaunt. Doch dann war es an ihr, voller Hinterlist zu grinsen, zu zwinkern, den Schwenker auszustrecken mit der Bitte, wieder einzuschenken. Denn da hatte sich dieser Don Juan überschätzt, da hatte er sich auf das einzige Gebiet begeben, auf dem sie ihm maßlos überlegen war.

Sie bezog ihr kleines Zimmer, das gemütlich eingerichtet war und zweckmäßig zugleich mit einem Schlafsofa und zwei schweren Ledersesseln, die zuvor sicher woanders gestanden hatten als in diesem kleinen Raum. Außerdem verfügte sie über eine hübsche Anrichte und einen Kleiderschrank, der zwar von Stil und Farbe nicht zu den übrigen Möbeln passte, aber mehr aufnehmen konnte, als sie an Wäsche, Schuhen, Röcken, Blusen, Hosen und ähnlichem mitgebracht hatte. Bezeichnenderweise lag das Zimmer neben dem Wohnzimmer des Chefkochs, und sie musste das Bad mit ihm teilen. Am folgenden Tag wurde sie von der Besitzerin empfangen, einer etwas verkniffenen, bäuerlichen Frau in mittleren Jahren, die wohl die teuersten Klamotten trug, die sie je gesehen hatte. Nach dem Porträt in der Lounge war sie leicht zu erkennen. Die Chefin sagte ihr, dass sie zunächst als Zimmermädchen anfangen sollte, dann, wenn sie sich bewährte, käme sie jeweils zwei Monate hinter die Bar, an den Empfang, in die Küche und schließlich als Bedienung ins Restaurant, was sie als sehr ansprechend empfand.

In der dritten Nacht öffnete Monsieur Marcel, als wäre es ein Versehen, ihre Zimmertür, erklärte das ein wenig zu lange und zu umständlich, bis sie zu Keifen begann wie ein altes Weib. Eine solche Reaktion hatte er wohl nicht erwartet, denn er knallte die Tür zu und ließ sich nicht wieder blicken. Zwei Tage danach kam er ins Bad, als sie unter der Dusche stand. Sie sah ihn sehr wohl durch das Glas, beobachtete ihn, wie er, als wäre sie nicht vorhanden, an die Toilette trat, sein Glied entblößte, pinkelte, seufzte, die Reste abschüttelte, den Reißverschluss zuzog und sich zum Waschbecken wandte. Da zog sie eine Schiebetür der Dusche halb auf, drehte sich mit dem Hintern zum Raum und begann, ihre Schenkel und Knie zu massieren. Er stand wie erstarrt. Auch noch, als sie sich mit Busen, Bauch und Scham voll vor ihm aufrichtete und nach einem Handtuch verlangte. Er nahm es langsam vom Haken, als bewegte er sich in Trance, reichte es ihr mit gestrecktem Arm, wollte nachsteigen, als sie das Tuch blitzschnell vor ihren Körper hielt und dann um den Leib wickelte, aus der Dusche sprang, schneller als er begreifen konnte, und in ihrem Zimmer verschwunden war, bevor er sich noch fragen konnte, was ihm wohl geschehen wäre. In dieser Nacht, als die Küche geschlossen war und der junge Mann an der Bar Kasse gemacht hatte, noch eine rauchte und ein Bier trank, da setzte sie sich auf einen Hocker und bat um ein Glas Sekt. Der Mann reichte es ihr, stieß mit seinem Bier an, und sie bat ihn, ihr in sein Zimmer zu folgen. Den ganzen langen Rest der Nacht lag der Monsieur wach und lauschte dem Wackeln und Stöhnen, dem Kichern und Atmen, dem Ächzen der Matratze, bis er nichts mehr fühlte, noch nicht einmal in seinem aus Frust geschrumpelten Glied.

In der folgenden Nacht war der Koch Jean-Marc bei ihr. Als sie darauf einige Zeit allein schlief, hörte sie in einer Nacht, wie der Monsieur es mit der blonden Köchin und der Empfangsdame gleichzeitig trieb. Dann trat eine Art Waffenstillstand ein, der sich über fast eine Woche erstreckte, bis Marcel wieder mitten in der Nacht in ihr Zimmer kam, und sie so schrill schrie, dass sie wohl das ganze Haus geweckt haben musste. Der Koch türmte Hals über Kopf, verkroch sich in seinem eigenen Bett und lag den Rest der Nacht wach. Am folgenden Tag hatte sie zum ersten Mal frei. Sie ging durch den Hintereingang hinaus, um sich ein wenig in der Gegend umzuschauen, von der sie bis dahin noch nichts gesehen hatte. Dort standen die Autos des Personals unter Bäumen, es gab ein wenig Gras und eine hübsche, dunkelgrüne Hecke, vor der sie sich setzte, um die Luft bewusst zu genießen. Sie hatte die Knie vor das Kinn gezogen, die Arme um ihre Unterschenkel geschlungen und die Augen geschlossen, als sie einen Schatten bemerkte. Es war der eifrige Lehrling aus der Küche, der ebenfalls an diesem Tag nicht zu arbeiten brauchte. Er setzte sich neben sie, griff nach ihrer Hand, sie schaute ihn erstaunt an, der Junge mochte vielleicht 17 Jahre alt sein. Aber er erzählte mit sanfter Stimme, dass man ihn Popey nannte, weil er gern Spinat aß, dass er aus einer ganz anderen Gegend stammte und es sein Traum wäre, ein berühmter Koch zu werden wie Monsieur. Die ganze Zeit über liebkoste er sie an allen möglichen Stellen, küsste ihren Nacken und ihre Handinnenfläche, ihre Wange und schließlich ihren Mund. Da gab sie auf, spürte Leidenschaft, erwiderte seinen Kuss. Von dort aus war es ein kurzer Weg, bis sie im Gras lagen, sie unten, den Rock über die Hüften gezogen, er oben, die karierte Kochhose in den Knien, gleichmäßig arbeitend. Sie drehte ihren Kopf vor Lust hin und her, während er in die Kuhle ihrer Schulter atmete, und dann sah sie ihn, den Monsieur, der am offenen Fenster seiner Wohnung stand und bewegungslos hinunterstarrte, den Anblick nicht bergreifen konnte und nicht die Tatsache, dass es eine Frau gab, eine Untergebene, die einen blöden und hässlichen Lehrling ihm vorzog, ihm, dem galanten Liebhaber und Meisterkoch, dem Chef über Zensuren und Ausbildung, dem weit gereisten Mann von Welt, und sie sah, wie er sich schließlich mit Grausen abwandte von den Schrecken der bösen und niedrigen Welt. Zum mis en place wurde der Monsieur vermisst, er war auch noch nicht im Restaurant, als die ersten Gäste eintrafen, und Jean Marc musste die Verantwortung übernehmen. Erst gegen Mitternacht stand er im Gang zu seinem Büro, schwankte heftig von Wand zu Wand, hatte eine Flasche Chardonnay in der Hand und sang Lieder in französischer Sprache. Dann klappte die Tür zu seinem Büro, öffnete sich wieder, und er kam heraus, barhäuptig und in Kochkleidung, Triumph im Gesicht, in der jetzt flaschenlosen Hand hielt er den Schlüssel zum Dienstwagen. An diesem Abend brummte es in Küche, Pass und Restaurant. Alle Tische waren besetzt, die Kellnerinnen und der Oberkellner rannten durch die Gänge und das Lokal, die Köche an den Posten hatten hochrote Köpfe und tranken Pils mit Pernod, und als der Trubel nachließ, gegen 3 Uhr am Morgen, da sanken sie alle auf Stühle und Kisten, saßen sprachlos und erschöpft beisammen, tranken die Reste aus den offenen Champagnerflaschen, während Bekassine, die Spülfrau, als Einzige noch wirbelte. Da klingelte das Telefon. Alle blickten auf Jean Marc, der sich ächzend und stöhnend erhob, in das Büro des Monsieur schwankte und schlich, den Hörer abnahm, horchte, erstarrte, leichenblass wurde und schließlich wortlos auflegte. Das wäre die Polizei gewesen, berichtete er mit erstickter Stimme unter Tränen, der Monsieur wäre auf dem Weg aus der Stadt mit dem Wagen in einer rechtwinkligen Kurve von der Fahrbahn abgekommen.

Das Auto hätte sich überschlagen und dann Feuer gefangen. Monsieur wäre an einer Tempo-30-Stelle mindestens 120 gefahren, hätte keine Chance gehabt, wäre auf der Stelle tot gewesen. In der abgedunkelten Küche weinten und schluchzten die jungen Männer und Frauen, Bekassine hatte sich zu ihnen gesellt, ein Gasherd flackerte, es war eine gespenstische Szene. Die Frau hätte am nächsten Morgen vom Schicksal ihres Möchtegern-Liebhabers erfahren und sich bittere Vorwürfe gemacht, weil sie ihr Spiel auf die Spitze getrieben hatte. Den Tod eines Menschen, den hatte sie niemals auf ihrer Rechnung gehabt, hätte doch nur ihre weibliche Überlegenheit ausspielen und den Chef ein wenig gängeln wollen, sich zieren und zappeln, bis sie sich ihm doch eines Tages ergeben hätte, vielleicht für eine Förderung ihrer Karriere. Noch an demselben Morgen wäre sie abgereist, mit ihrem Auto nach Hause gefahren, von dort mit dem Taxi zum Bahnhof und einfach drauflos. Im Zug hätte sie eine Zeitschrift gefunden, in der von dem Kloster berichtet worden wäre. Also wäre sie durchgefahren bis an den Rhein und weiter bis in den nächsten Ort, vom Bahnhof dort mit dem Taxi in die Abtei, wo sie einige Wochen lang Ruhe genossen hätte, um sich ihrer schweren Schuld zu stellen, die sie niemals würde gutmachen können.

Sie hätte schließlich ihre Knie zusammengeführt, die sie während der ganzen Zeit ihrer Erzählung weit geöffnet gehalten hätte, wäre ohne jede Hast aufgestanden, hätte sich eine Strähne aus der Stirn gestrichen, wäre wie eine Elfe auf die Tür zugegangen, hätte sie geöffnet, hinter sich geschlossen, wäre fort gewesen, und er hätte nicht wirklich Schmerz empfunden in diesem Augenblick des Abschieds, hätte er doch stets ganz andere Pläne für seinen Aufenthalt in der Abtei gehabt, läge ihm doch nichts ferner, als der Fleischeslust zu frönen und zu huldigen. Dennoch, wenn er die Augen schlösse, sich ihren vollendeten Körper vorstellte, besonders die Rundung ihres Gesäßes, dann setzte in seinem Leib ein schmerzhaftes Ziehen ein. Er hätte sie niemals wieder gesehen, erklärte der Gast mit einer bedauernden Geste, indem er die Arme öffnete, mit den Handflächen nach oben, wie zu einem Gebet. Er wäre sich indes überhaupt nicht sicher, wie schwer seine Sünde wiegen mochte, hatte er es doch in einer Abtei getrieben, in der Nähe reinen, klösterlichen Lebens, nahe den Mönchszellen, der Klausurzelle, nicht weit entfernt von der Basilika mit dem Heiland und der schmerzensreichen Mutter.

Ich hatte mir die Kapuze bis über die Augen gezogen, wusste eine ganze Zeit überhaupt nicht, ob ich weiter zuhören wollte oder auch durfte, denn in meinem ganzen Leben war ich nicht mit solchen Zoten konfrontiert worden, mit solch geschmacklosen Beschreibungen sündhaften Fleisches. Zugleich war mir sehr wohl bewusst, dass ich in dieser Welt lebte, von der unser Gast sprach, dass Liebe, auch körperliche, nicht an sich verdammenswert wäre, hatte sie doch Gott selbst in die Welt gegeben, um die Menschheit zu erhalten. Tief berührte mich auch die Einsicht der jungen Frau, dass es entsetzlich sein kann, mit Gefühlen Scherz zu treiben. Was ich dem Gast gegenüber niemals zugegeben hätte, das war dieses merkwürdige Ziehen in der Leiste, das ich für ganz kurze Zeit empfand, wenn ich seine Worte in Bilder vor meinem Geist umsetzte. Das war ein Ding, das nur mich anging und unseren Erlöser in einem stummen Gespräch in der dunklen Zelle. Es war aber geboten, so rasch wie möglich die Gedanken aus dem schmuddeligen Fahrwasser hinauszulenken in eine klare, ruhige und angenehme See. Also streifte ich die Kapuze vom Kopf, räusperte mich, lehnte mich bequem zurück, unterbrach den Gast, der just wieder anheben wollte, und begann, zu erzählen.

Pater Kilian fährt zur See

Mir war unser Pater Kilian eingefallen, ein Mann und Mönch von rechtem Schrot und Korn, untadelig in seinem Wandel, ein wahrer Klotz von Kerl, 1,90 groß und mit einem eindrucksvollen Körperumfang ausgestattet. Es hieß in der Abtei, er könnte eine Kartoffel in einer Hand zerquetschen, obwohl ich diese Aussage stets bezweifelte; für solch einen Unsinn würde er sich nicht hergeben. Ich habe aber selbst gesehen, dass er ein wild gewordenes Rind wie ein Lämmchen hinter sich herführte, als er es eingefangen und an den Hörnern festgehalten hatte. Der Bruder war das, was wir spätberufen nennen. Er war fast im fünfzigsten Jahr, als er sein Aufnahmegesuch schrieb und am Altar hinterlegen ließ. Über seine Vergangenheit sprach er nie. Doch wurde viel gemunkelt von einem bewegten Leben, von abenteuerlichen Reisen und seltsamen Aufträgen, von zwielichtigen Freunden und vielen schönen Frauen. Das alles aber mochten durchaus in seine eindrucksvolle Gestalt interpretierte und für den Einzelnen selbst unerfüllte Wünsche sein, wie sie in einem Kloster entstehen können, selbst wenn das Gebot ernsthafte, schlüssige Rede befiehlt, ohne Schnörkel und nicht im Übermaß. Mir hatte Pater Kilian einst erzählt, dass er draußen weltliche Güter angehäuft hätte, die ihm keinen Segen brachten. Weiter war er nie gegangen bis zu dem Tag, an dem ich eigentlich Bruder Hilarius besuchen wollte, den verdienten Gärtner der Abtei, der ein so glückliches Händchen für die Apfelbäume hat und darüber hinaus einer der fröhlichsten und offensichtlich glücklichsten Menschen ist, die ich kenne. Vorausgesetzt, man lässt ihm seine Paradiesfrüchte und die

Freiheit, die dazugehört, zu pflanzen, zu düngen, zu schneiden und zu ernten. Ich ging entlang der ersten Allee, die, wie auch die übrigen, in voller Blüte stand. Es umgab mich eine fast unwirkliche Schönheit gepaart mit einer ebensolchen Stille, nur unterbrochen vom Gesumm der Insekten. Viele Bienen des Bruders Imker mochten um diese Zeit unterwegs gewesen sein, letztlich auch im eifrigen Dienst an der Abtei, denn sie lieferten uns den köstlichen Honig. Am Ende der zweiten, schier unendlich langen, Baumreihe hatte ich weder Hilarius gefunden noch Kilian, und ich suchte weiter und weiter, bis ich die beiden auf der anderen Seite der Bäume fand, jenseits der letzten Reihe. Sie hatten es sich im Schatten der kleinen Hütte gemütlich gemacht, in der die Gärtner seit undenklicher Zeit ihre Werkzeuge aufbewahren. Kilian saß auf einer um-gestülpten Apfelkiste, Hilarius hatte im üppigen Gras Platz genommen, die Beine lang ausgestreckt, einen Arm als Stütze hinter sich, im Mund einen langen Grashalm. Sie schwiegen, als sie mich sahen, was mir einen kleinen Stich versetzte, denn ich nahm in meiner Eitelkeit an, ich wäre Gegenstand ihres eifrigen Gesprächs gewesen. Hilarius schlug das untere Bein über das bis dahin obere, nahm das Gras aus dem Mund und begrüßte mich höflich aber keineswegs sehr erfreut. Kilian indes rutschte an einen Rand der Kiste, nickte mir mit einem breiten Lächeln zu und gebot mir, dicht neben ihm Platz zu nehmen. Ich nestelte an der Kapuze, lehnte höflich ab, be-müht, einen kameradschaftlichen Ton anzuschlagen, und setzte mich zwischen die Beiden ins Gras, zog die Knie an und blinzelte in die Sonne. Warum der junge Spunt die Geschichte eigentlich nicht hören dürfte, begehrte Bruder Kilian mit seiner tiefen und festen Stimme zu wissen, und der Gärtner gab sich versöhnlich, nickte freundlich in meine Richtung, riss einen weiteren Grashalm ab, steckte ihn zwischen seine

Zähne, spitzte den Mund und winkte mit der Hand, weil er die Geschichte weiter hören wollte.

Alles begann in einer Altbierkneipe in Düsseldorf, berichtete Pater Kilian, in einem Raum, den sie die Sauna nannten, weil er nur eine Tür und keine Fenster hatte, weil auf den Bänken an den langen Tischen unglaublich viele Menschen Platz fanden und die Luft, besonders in den Sommermonaten, im Verlauf eines fröhlichen Zechabends derart dick zu werden pflegte, dass nur der Genuss etlicher Gläser des vorzüglichen, frisch gebrauten Bieres den Aufenthalt überhaupt ermöglichte. Die alte Truppe aus der Abteilung für elektronische Datenverarbeitung hätte sich dort eingefunden gehabt, wie an fünf von sieben Tagen in der Woche, hätte schöne Plätze am Ende eines Tisches zur hinteren Wand hin belegt und, wegen des enormen Durstes, den Köbes, wie dort die Kellner genannt würden, mächtig auf Trab gehalten. Der große, korpulente Mann mit Lederschürze und aufgekrempelten Ärmeln schleppte das schwere Tablett wieder und wieder mit vollen Gläsern her und mit leeren hin, malte Striche an die Wand und schwitzte über das ganze runde, gutmütige Gesicht. Die Schwestern Iris und Gundula waren dabei, ein gewisser Jochen aus Berlin, der später Iris heiraten sollte, Erich, der aus der Pfalz stammte, natürlich Kurt, den sie Radi nannten und eben er selbst, der damals noch lange nicht Kilian hieß. Während sie Schoten erzählten, soffen und lachten, gesellten sich ihnen zwei Männer zu, nahmen die beiden freiwerdenden Plätze in ihrer unmittelbaren Nähe ein. Es waren dies ein südländischer Typ mit einer dicken, schwarzen Hornbrille und sein Begleiter, ein schmaler, aufgeschossener Rothaariger, die schweigend an ihren Gläsern nippten und aufmerksam die seichten Gespräche der Runde verfolgten, sich aber zunächst überhaupt nicht beteiligten. Dann ließ der Dunkle außer den zwei eigenen Getränken alle weiteren in seiner Latte ankreiden, die in der munteren Runde getrunken wurden. Schließlich brach Jochen die Grenze auf, die bis dahin unsichtbar vorhanden gewesen war. Er prostete den fremden Männern zu, trank und fragte, ob sie Jecken wären, womit er am Rhein Gebürtige meinte, Touristen oder Zugereiste. Der Dunkle nahm sofort den Faden auf und berichtete in einem langen Schwall, dass sie beide aus Gelsenkirchen stammten, zu Gast in der Metropole wären, dass sie in Immobilien machten und für einige Tage ein Hotel bezogen hätten, und er fügte überflüssigerweise hinzu, dass er seinen roten Porsche direkt vor ihrem Hotel in Stadionnähe geparkt hätte, natürlich im Halteverbot. Mitgebracht hätten sie das Geschoss nicht, denn sie hätten nicht die Absicht, nüchtern zu bleiben. Kurt ließ es sich nicht nehmen, den Rothaarigen als Eukalyptus zu bezeichnen, der den Beinamen der Klebrige trüge, und nannte den Dunklen Don Giovanni, den einarmigen Geiger. Aber die Beiden schienen das überhaupt nicht krumm zu nehmen, gaben eine Runde nach der anderen aus und bestellten schließlich ein Tablett Käsebrötchen und Lachs mit Ei. Kilian schwieg einen kurzen Augenblick, als dächte er zurück, und fuhr dann fort. Er hätte zur Toilette gemusst, wäre die Steintreppe hinab-gestiegen, bereits ein wenig unsicher auf den Beinen, an der Klofrau mit dem Emailleteller vorbei, über Pisslachen und einen Eimer hinweg, hätte sich an die Rinne gestellt und mit großem Genuss erleichtert. Da wäre neben ihm der Dunkle aufgetaucht, hätte ebenfalls uriniert, sehr vertraulich getan und ihm mitgeteilt, dass er ihn dringend sprechen müsste, weil er ihm ein einträgliches Geschäft andienen wollte. Worum es sich handelte, das wollte er in aller Öffentlichkeit nicht sagen. Kilian sollte ihm, wenn Interesse bestünde, in das Hotel folgen. Dieser hatte vor anderthalb Jahren als Programmierer in der schwedischen Firma im Süden der Stadt gemeinsam mit einigen Kollegen angefangen. Er freute sich, in dieser schönen Stadt arbeiten zu dürfen, liebte die Altstadt, schätzte seine männlichen und weiblichen Kumpel und den lockeren Umgang in der Firma sowie die halb technische halb kaufmännische Ausrichtung seiner Aufgaben, die er allein mit gesunder Intelligenz bewältigen konnte, für ein mehr als angemessenes Entgelt. Zwar hatten er und Kurt schon einmal ernsthaft über die Möglichkeit nachgedacht, in einer Antarktisstation anzuheuern, ein ganzes Jahr lang für das Dreifache dessen, was sie jetzt verdienten, hatte er sich einmal in London vorgestellt bei Standard Telephon and Cables, die bereits über Datenfernübertragung verfügten, aber er wäre stets dankbar und reuevoll zurückgekehrt an die rheinischen Fleischtöpfe, an das geregelte Einkommen, in sein hübsches Einzimmerappartement in der Albertstraße mit Dusche und Kochnische sowie Schlagerstar, Historikerin und Werbefachmann in der Nachbarschaft. Doch an jenem Abend hätte er den Kopf voller Altbier und Flausen gehabt, wäre er von jugendlicher Abenteuerlust und milder Zuneigung der ganzen Welt gegenüber erfüllt gewesen. Auf dem Wege an der keifenden, weil leer ausgegangenen, Klofrau vorbei, die glitschige Treppe hinauf, die einige Gäste nicht mehr rechtzeitig hinabgeschafft gehabt hätten, voll inneren Glückes und wunderbar kühlen Bieres, hätte er sich einverstanden erklärt unter der Bedingung, dass Kurt mit ihm kommen dürfte; er sagte es nicht,aber ein wenig Bammel hatte er schon, allein mit den beiden Fremden in ein beliebiges Hotel zu fahren. Oben angekommen und mit Hallo von der Runde begrüßt, tranken sie ihre Biere aus, der Dunkle zahlte die komplette Zeche und wurde mit einem improvisierten Danklied aus der Werbung beglückt, das eigentlich einem Mohren galt. In den Trubel hinein hatte er sich mit Kurt kurz geschlossen. Der war sofort dabei, denn es war dessen Art, kein Abenteuer auszuschlagen und es wurde in der

Firma gemunkelt, er hätte sogar ganz kurz der Fremdenlegion angehört, bis ihm sein unseliger Hang zu Wein und Bier eine unehrenhafte Entlassung eingebracht hätte.

Der Rote ging voran, dann Kurt, eifrig und beflissen, ständig blöde Scherze reißend, dann kam er und schließlich folgte der Dunkle, aus der Sauna hinaus, durch den überfüllten Gang zur rechten Hand, zwischen den Zechern hindurch, die keinen Sitzplatz gefunden hatten und das vielleicht gar nicht wollten, weil es sich eng an eng auch gemütlich trinken ließ, auf Tuchfühlung mit Gleichgesinnten, die Kreidestriche knapp über Kopfhöhe an der Wand. Dann ging es nach links, durch den großen Raum mit den Fenstern nach außen, in dem die Jecken ihre Stammplätze hatten, manche seit Jahrzehnten, und schließlich an der Theke vorbei. Dort zapfte ein dicker, großer, gemütlicher Köbes mit Lederschürze scheinbar in aller Seelenruhe, in Wirklichkeit mit einer großen Geschwindigkeit, füllte Tablett um Tablett, während eine hagere Frau in Kittelschürze in fast gleicher Geschwindigkeit Brötchen um Brötchen auf Tabletts häufte, Käse, Salami, Lachs, Harzer, Flöns und wieder von vorn. Kurt nutzte die Gelegenheit, griff sich ein halb volles Glas, das für die Spüle bestimmt war, und leerte es im Vorbeigehen, stieß dann die doppelte Schwingtür zur Straße hin auf, trat hinaus, das Glas in der Hand, der Rote neben ihm und dann er selbst, der damals einen anderen Namen trug, und schließlich der Dunkle. Der wies Kurt an, das Glas auf eines der Fässer zu stellen, die vor der Kneipe im Freien zum Zechen einluden, denn er wollte keinen Ärger. Kurt jammerte ein bisschen, sah aber dann den ernsten Blick des Unbekannten, schwieg und folgte ihm und dem Roten gehorsam quer über den Platz und hinaus zum Ratinger Tor, wo die Taxen standen. Der alte Turm stand schräg, irgendwie betrunken, gegen den Nachthimmel, auf der anderen Seite des

70

Rheines schimmerten die Lichter von Oberkassel, auf der Theodor-Heuss-Brücke krochen Lichterpaare dicht an dicht, als würden sie an Fäden gezogen. Pater Kilians Augen glänzten, als der davon erzählte, die Erinnerung musste schwer wiegen. Sie stiegen in einen alten, gelben Mercedes, der Dunkle nach vorn, die drei andern Passagiere auf den Rücksitz, die Autotür fiel scheppernd ins Schloss, der Wagen ruckte an und machte sich wie ein rauchgeschwängertes UFO auf den Weg durch die immer noch emsige, nächtliche Stadt, zur Berliner Allee und dann hinaus, am Messegelände vorbei und an der Abfahrt zum Flughafen, der Fluss war nur noch zu ahnen, nach Kaiserswerth und schließlich vor ein kleines Hotel, das fast unmittelbar an der Hauptstraße lag, an der dem Rhein gegenüberliegenden Seite, ein wenig zurück, dunkel, nur der Empfang neonbeleuchtet, Markise über dem Eingang, still, schweigend, fast wie gänzlich verlassen. Direkt vor dem Haus stand auch ein roter Porsche, der Kurt veranlasste, näher heranzugehen und das Ohr an den Auspuff zu halten, als lauschte er auf die Pferdestärken.

Das Haus war ein kleiner Familienbetrieb mit einem Dutzend Zimmern, recht komfortabel und gut geführt. Der Empfang war beleuchtet, aber nicht besetzt. Sie fuhren mit dem Fahrstuhl zu viert in die zweite Etage, wo der Dunkle das Zimmer nach hinten mit Blick auf den Garten belegt hatte, das beste im ganzen Hotel und das teuerste, etwas größer als alle anderen und ein wenig komfortabler ausgestattet. Er öffnete die Tür mit einem großen, altmodischen Schlüssel, der an einem schweren Messingschild hing, ging voran, der Rote folgte, dann Kurt und schließlich der spätere Pater Kilian, der mit Befremden sah, wie sein Freund Kurt an den beiden anderen Männern vorbeidrängte, sich vor der Minibar niederkniete, die Tür öffnete, eine Miniflasche Wodka entnahm, aufschraubte, in einem Zug leerte, um wieder hineinzugreifen und eine Piccolo-Flasche Sekt herauszuholen. Der Dunkle zog seine schwarzen Augenbrauen ein wenig zusammen, sah einen Augenblick lang verärgert aus, sagte aber nichts und ließ seinen Gast gewähren. Der Rote drängte Kurt freundlich aber bestimmt beiseite, brachte Bier hervor, öffnete drei Flaschen und reichte sie herum, während Kurt den Verschluss seines Sektes aufgeschraubt hatte und wie ein Verdurstender aus der Flasche soff. Jetzt tranken alle, und es herrschte für einen langen Moment Schweigen, das sich verbreitete, andauerte und nur manchmal durch Kurts Nuckeln unterbrochen wurde. Dann winkte der Dunkle dem Roten zu, der stand auf, ging zum Kleiderschrank, öffnete die Tür und holte eine Herrentasche aus dunkelrotem Saffianleder hervor. Behutsam reichte er sie über den viereckigen Couchtisch, der Dunkle griff nach ihr, nahm sie an sich und hielt sie Kilian vor das Gesicht. Der erkannte, dass der Reißverschluss mit einem kleinen, aber festen Schloss gesichert war. Diese Tasche, erklärte der Dunkle, sollte Kilian nach Göteborg bringen, unversehrt und ungeöffnet, dort am Denkmal von Gustav Adolf zu einer fest bestimmten Zeit einem Kontaktmann übergeben, um im Gegenzug 20 000 Dollar in Empfang zu nehmen, womit seine Mission beendet wäre, und er bräuchte gar nicht zu fragen, was sich in der Tasche befände, denn er könnte keine Antwort erwarten. Kurt blickte kurz auf, nickte Kilian zu, kniete erneut vor der Minibar nieder und leerte zwei weitere Miniflaschen, warf eine dritte seinem Freund zu, der ebenfalls trank, um dann dem Dunklen mitzuteilen, dass er den Handel als beschlossen betrachtete, vorausgesetzt, sie würden mit angemessenen Spesen ausgestattet. Wortlos zog der Rote eine Brieftasche aus der Innentasche seines Jacketts, klappte sie auf, zählte 50 Hundertmarkscheine ab, überreichte sie dem späteren Kilian, der Dunkle drückte ihm in die Hand, was

Kurt als Schwulentäschchen bezeichnete, und die beiden Arbeitskollegen taumelten mehr zur Zimmertür hinaus, als dass sie gingen, fanden den Fahrstuhl, verließen das Hotel, nahmen die Straßenbahn, die auf einer Mittelinsel in der Fahrbahn direkt vor dem Hotel hielt, und fuhren zurück in die Altstadt.

Dort suchten sie zunächst in der Altbierbrauerei nach ihren Kollegen, trafen aber niemanden mehr an. Also redeten sie sich ein, dass sie auf die Suche nach ihnen gehen wollten, und zogen los, in eine große Gaststätte mit Imbiss und Garten. Kurt bestellte sechs Bier an der Theke, die sie sehr rasch tranken. Dann setzte sich der künftige Pater einen Aschenbecher aus Metall auf den Kopf, und sie marschierten hinaus, durch den Biergarten bis auf die Straße. Niemand hatte sie auf die merkwürdige Kopfbedeckung angesprochen. Als Nächstes waren sie in einer Diskothek, wo sich Kurt in einem schmalen Pass an einer hübschen, jungen Frau im Minirock vorbeidrückte, Rücken zu ihr, die Hände suchend ausgefahren. Als die Kleine spitze Schreie auszustoßen begann, hatte er sich bereits unter die übrigen Gäste gemischt. Im Sampan legte der angehende Mönch einen Striptease auf die Tanzfläche, zum Gesang der Mathieu, bis auf die nicht ganz saubere Unterhose, unter Drehen und Verrenken, begleitet vom Jubel des Publikums, das dicht an dicht um die Tanzfläche herumstand und klatschte und johlte. Mühe hatte er nur, als er sich wieder anziehen wollte und dabei mehrfach auf das blanke Parkett stürzte. Sie beendeten ihre Suche in der Bordellstraße in Bahnhofsnähe, brachen da die vorausgezahlten Spesen an, weil Kurt sich nach einer farbigen Schönheit sehnte und nach einigen Minuten deren Appartement verließ mit schiefem und schrägem Lächeln unter dem spöttischen Redefluss der Dame, die offenbar zu kurz gekommen war. Das mochte der Auslöser gewesen sein, meinte Pater Kilian, indem er sich nachdenklich das Kinn rieb, das und die Nähe der Fernzüge. Sie wären rasch übereingekommen, umgehend einige Tage unbezahlten Urlaub anzutreten, wären zum Bahnhof hinüber gestolpert, hätten im Selbstbedienungsrestaurant an etlichen Gerichten geschnuppert, bis ein großer Mann in schwarzem Anzug sie zur Tür hinaus bugsiert hätte, dann wären sie auf dem letzten Bahnsteig gelandet, ganz hinten, von wo die schnellsten Züge in den Norden fuhren. Nach einer guten halben Stunde hätte solch ein eindrucksvolles Geschoss direkt vor ihnen gehalten, und sie wären eingestiegen, als zöge sie ein Magnet an, hätten in der ersten Klasse Platz genommen, auf dicken Polstern. Kurt hätte noch darauf bestanden, in Fahrtrichtung zu sitzen, und schon wären sie entschlummert, in den Schlaf gesungen durch das stete Geräusch der Schienen und des Windes, durch das sanfte Schaukeln gewiegt. Unsanft wären sie jedoch nach kurzer Zeit geweckt worden, als ein blau gekleideter Mensch mit Schirmmütze grob die Tür aufgerissen hätte. Kurt war in diesem Augenblick nicht ganz im Bilde und bestellte vier Flaschen Bier, doch der Uniformierte begehrte schroff, ihre Fahrkarten sehen zu wollen. Kilian besänftigte ihn mit einem blauen Geldschein und bat ihn sehr höflich, zwei Fahrkarten erster Klasse bis nach Kiel auszustellen. Der Mann tat das, steckte einen beachtliche Teil der Spesen als Gegenwert ein, plus Zuschlag weil nachgelöst, griff nach dem Mützenschirm, verneigte sich und war fort, während Kilian die Fahrkarten sorgfältig in seiner Gesäßtasche verstaute. Kurt wäre an sich ein lieber und umgänglicher Kerl gewesen, erläuterte der Pater. Er hätte sich trotz widriger Umstände im Leben behauptet, denn zwei Frauen hätten ihn in kurzer Zeit verlassen, die zweite mit einem kleinen Jungen, den er für sein Kind hielt, was allerdings nur er tat, denn der Knabe hatte eine etwas zu dunkle Hautfarbe. In dieser Zeit des Abschieds hatte Kurt bei Kilian gewohnt, auf dem Boden geschlafen, und sich nur selten Geld geliehen und das auch nur in kleinen Mengen. Anders wäre er gewesen, wenn der Teufel Alkohol seine Finger nach ihm ausgestreckt hätte. So auch in jener Nacht im Schnellzug nach Hamburg. Er hätte im Speisewagen randaliert, den Kartoffelsalat, den er bestellt hatte, Löffel für Löffel auf den Tisch gehäuft, zwei Miniflaschen Wodka und vier große Weizenbiere getrunken und wäre dann unter den Tisch gerutscht, hätte sich derart verkeilt, dass er kaum zu befreien gewesen wäre. Als ich unser Abteil wieder erreichte, fuhr der Pater fort, rückwärts und Kurt unter den Armen gefasst und hinter mir herschleifend, von Wagen zu Wagen, über die schwankenden Brücken dazwischen, da hob ich ihn einfach hoch und ließ ihn, nachdem ich die Tür geöffnet hatte, der Länge nach hinschlagen, mit der Schulter gegen die Polster auf der linken Seite, sodass er in den Gang rutschte und rollte, denn er hatte mich genug Nerven gekostet. Ich stieg über ihn hinweg auf den Platz am Fenster, lehnte mich in Fahrtrichtung zurück und schlief von einer Sekunde auf die andere wie ein Bewusstloser, denn die Nacht war weit fortgeschritten und der Morgen machte sich ganz in der Ferne bereit, zu dämmern und zu leuchten wie an jedem gewöhnlichen Tag.

Als sie auf dem Hamburger Hauptbahnhof angekommen waren, ging es dem sonst so fröhlichen Freund Kurt wirklich schlecht, erzählte Pater Kilian. Er hatte ihn schon erlebt, wenn er einen Kater hatte. Dies da wäre deutlich mehr gewesen. Sie standen auf dem Bahnsteig, der dem ihrer Ankunft unmittelbar gegenüberlag, brauchten also nicht auf das nächste Stockwerk emporzusteigen, wo die Einkaufspassage die Plattformen miteinander verband, und Kurt erbrach sich in breitem Schwall in einen Papiercontainer, der neben einer Bank aufgestellt war. Er war bleich wie ein Toter, mit bläulichen Wangen und schrill roten Lippen, spuckte in hohem Bogen, solange sein Magen etwas hergeben wollte, und würgte dann, ächzte und stöhnte, dass es Gott erbarmen mochte. Er wusste ganz sicher nicht, wo er war, als Kilian ihn zu dem Regionalzug nach Kiel führte, schob und hob. Aber einmal dort angekommen, stellte er das Würgen ein, wischte sich den Mund mit einem Taschentuch ab, lehnte den Kopf an die Fensterscheibe und fragte den Freund, warum er so bleich und übernächtigt aus der Wäsche schaute. Der Zug ruckte an, fuhr hinein in den Regen, der sich über der Hansestadt ausbreitete, und als er anfing, zu schwanken und zu taumeln, da wurde Kurt ganz ruhig, tat so, als dächte er nach, und als merkte sein Begleiter nicht, dass er einmal mehr mit seinem Innenleben einen mächtigen Kampf ausführte. Sie kamen durch eine trostlos flache, grüne Landschaft, durch graue, hässliche, langweilige Städte und erreichten endlich Kiel, den kleinen Backstein-Hauptbahnhof mit schrägen Gestalten und Baulärm vor dem Haupteingang, trist und langweilig. Aber sie konnten von dort aus hinüberblicken zum Hafen, sahen ein weißes Schiff, das sie nach Göteborg bringen sollte, und es war einfach riesengroß. Zunächst aber zogen sie in die Innenstadt. Einerseits wollten sie Wäsche kaufen, da sie völlig unvorbereitet aufgebrochen waren. Sie fanden ein passendes Geschäft in der Fußgängerzone, erwarben, was ihnen als Erstes in die Hände fiel und erstanden einen praktischen kleinen Koffer mit Rollen, in dem sie alles unterbrachten, und der sogar noch ein extra Fach für die lederne Tasche hatte. Mit dem Trolley zogen sie an der hübschen Hauptkirche vorbei in Richtung Hafen, denn Kurt suchte dringend eine geöffnete Kneipe, um seinen Nachdurst zu stillen. Sie fanden ein passendes Lokal, in dem alle Stadien der Trunkenheit vertreten waren, vom Schwips bis zum Delirium. Obwohl Kilian ihm davon abriet, kippte Kurt einen halben Liter norddeutschen Bieres in einem Zug hinunter und hatte ein zweites großes Glas bestellt, bevor noch der Schaum auf dem Glas seines Freundes sich gesetzt hatte. Er hörte aber sehr wohl auf ihn, als der ihn zum Gehen drängte, denn die Zeit war knapp geworden, das Schiff sollte bald ablegen, und sie hatten noch keine Fahrkarten. Auch erwartete die Beiden am Schalter der Reederei ein Umschlag mit einem Brief, in dem die genaue Zeit und der Ort des Zusammentreffens in Göteborg verzeichnet wären, wie sie es mit dem Dunklen im Hotel verabredet hatten.

Pater Kilian schwieg eine Weile, kratzte sich im Nacken, während ich mich bequemer hinsetzte und Pater Hilarius nach einem neuen Grashalm griff, denn den ersten hatte er wegen der spannenden Geschichte bis auf einen Stumpf verzehrt. Kilian fuhr fort. Sie gingen an Getränkegeschäften vorbei und einem Einkaufszentrum bis zu einer steilen und hohen Treppe, die zu einem langen, überdachten Gang führte, der die vierspurige Straße überquerte. Nach links und rechts konnte man durch Glasscheiben blicken, zurück in Richtung Bahnhof, weiter hinaus in einen unbekannten Stadtteil und schließlich auf den Hafen, auf das wunderschöne Schiff, auf das sie beide gespannt waren. Selbst dem Kurt, der fast immer Unfug im Kopf hatte, war eine gewisse Anspannung anzumerken, als sie sich dem Terminal und damit Schritt für Schritt Schweden näherten, mitten zwischen meist blonden und kräftigen Männern und Frauen, fast alle schwer beladen mit Bierkartons und Einkaufstüten, aus denen die Hälse von Spirituosen lugten. Dann erreichten sie das große Gebäude im ersten Stock. Links vorn war eine Reklame der Schifffahrtslinie aufgestellt, ein mehr als mannshoher und breiter Karton mit einer aufgemalten Fähre und darauf eine Gestalt in Blau, die wohl den Kapitän darstellen sollte. Der Kopf war ausgespart, damit die Passanten den ihren durchstrecken und sich auf diese Weise als Seemann oder Seefrau ablichten lassen konnten. Geradeswegs erreichten sie das geräumige Büro der Reederei, dezent modern, voller Glas und geschmackvoller skandinavischer Möbel, drei Schalter, hinter zweien davon blonde Frauen, hinter einem ein schöner, dunkelhaariger Mann mit Schnäuz. Sie erhielten problemlos ihre Tickets mit Kabinenreservierung, denn das Schiff war nicht ausgebucht, kauften außerdem Fahrkarten für die Göteborger Verkehrs-betriebe und schließlich wagte es der spätere Kilian, nach einem Umschlag zu fragen, adressiert an ihn, am Schalter lagernd. Der schöne Mann drehte sich elegant auf seinem lederbezogenen Bürostuhl um, blickte zu den Fächern hinter sich und bedauerte, dass da nichts in der Art wäre. Die Arbeitskollegen blickten sich enttäuscht an. Sie überlegten, ihren Ausflug an dieser Stelle zu beenden, denn sie wären bereits gescheitert. Da erhob der Mann seinen sportgestählten Körper, lehnte sich zu seiner Nachbarin am Nebenschalter, legte ihr, vertraulich grinsend, eine manikürte Hand auf die Schulter, beugte sich hinüber, griff zu und hatte einen hell-braunen Umschlag in der Hand. Ob er der Empfänger sowieso wäre, brüllte er durch den Raum, sodass alle Menschen dort gespannt in die Richtung der Beiden blickten, was ihnen sehr unangenehm war; denn sie wussten nicht, ob sie sich mit ihrem Auftrag auf dem Boden der Legalität be-wegten. Eigentlich war der Lohn zu hoch für eine dem Recht und Gesetz entsprechende Aufgabe. Rasch nahm der spätere Pater deshalb den großen Brief an sich, zog den Koffer hinter sich her und stürmte hinaus, gefolgt von Kurt, der noch in der automatischen Glastür lauthals auf die Speckdänen schimpfte, weil ihm wohl nichts Besseres einfiel.

Eine gläserne Gangway mit Holzboden führte zum Bauch des riesigen Schiffes, zwölf Stockwerke hoch, eine kleine Stadt auf dem Wasser. Wärme war das Erste, was sie spürten, gedämpftes, künstliches Licht, ein großer Schalter, feste, rote Teppiche, ein breiter Gang. Sie blieben einen Augenblick stehen, um sich an die neue Umgebung zu gewöhnen. Der spätere Mönch zog die Tickets hervor, betrachtete sie eingehend, dann die Reihe von Schildern an der beigen Seitenwand, griff Kurt am Arm, zeigte in die Richtung eines schmalen Ganges und bedeutete ihm, zu folgen, winkte heftig, weil er jetzt, in seiner noch andauernden, leichten Unsicherheit keine dummen Späße ertragen wollte, und der Kollege folgte mechanisch. Tür folgte auf Tür, links wie rechts, alle grün, alle mit vierstelligen Nummern versehen. Dann, ein kurzer Blick auf die Karte, wieder auf die Tür, Ticket ins Schloss, es war ihre Kabine, sie waren zunächst einmal am Ziel. Zwei schmale Betten einander gegenüber, eine Tür zum kleinen Bad, Schrank, Ablage, Musik aus den Lautsprechern, selbst Kurt nickte anerkennend. Sie duschten nacheinander, zogen frische Unterhosen an und Hemden, die sie in Kiel erstanden hatten, fühlten sich besser, von Kater und Übelkeit war keine Rede mehr. Gemeinsam zogen sie los, das Schiff zu erkunden. Sie kamen in einen großen Raum mit einer langen Bar an der Stirnseite. Kurt besorgte zwei Flaschen Guiness, sie tranken, schauten sich um, blickten durch die hohen, leicht angelaufenen Fenster auf die Bucht hinaus, spürten den Gang der Schiffsmotoren und fühlten sich als Seefahrer. Dann bewegte sich das Land vor den Fenstern, schoben sich die Docks und Kräne zurück, wurde die See weiter und weiter, und ihr Schiff hatte den Hafen verlassen. Sie gingen in das Restaurant, in dem es unglaubliche Mengen an Speisen gab, und Bier und Wein zum selber Zapfen. Allein fünf oder sechs Sorten Heringe verlangten ihnen alles ab. Kurt war nicht der Alte an diesem Abend, gab nach wenigen voll gehäuften Tellern auf, zapfte nach einer schnellen Reihe von Bieren nicht mehr, wurde ein wenig melancholisch, sodass der später Kilian begann, sich Sorgen zu machen. Er winkte den Kellner herbei, stattlich, schwarze Weste, gestreiftes Hemd, bestellte Aquavit, und dem Kurt wurde es ein wenig besser. Inzwischen war die Nacht hereingebrochen. Durch die Fenster flammten dann uns wann weiße Lichter. Sie verließen die gastliche Stätte, stiegen einige Stufen hinab, vorbei an lärmenden Fernsehgeräten und Automaten, die, dicht umlagert, dann und wann mit metallischem Spucken Geld hergaben. Sie kamen in eine Zone des Schiffes, die angenehm war, dunkel, warm, geheimnisvoll, wie der Schoß einer Frau, befand Kurt, und Kilian stimmte zu, denn auch er fühlte sich in einer Weise geborgen, die ihn an seine frühe Kindheit erinnerte. An einem halbrunden Tisch nahmen sie Platz auf hohen Hockern vor einem geschwungenen Tisch, mahagonifarben, in dunklem Grün bezogen, elegant. Auf der anderen Seite stand eine wunderschöne Frau. Beide starrten sie an, kurz nur, um sich nicht zu blamieren, nicht preiszugeben, angesichts dieser asiatischen Vollkommenheit, dieses unglaublich feinen Schwungs der Silhouette, der fast wollüstig geformten Lippen, der fein gezeichneten Augen, hervorgehoben durch einen dunklen Lidschatten. Sie kauften Karten und begannen das Spiel. Bereits nach einer halben Stunde war ihnen klar, dass sie nicht gewannen. Aber die Fremde hatte sie in ihren Bann geschlagen. Also setzten sie weiter, bis ein guter Teil der Spesen über den Filzbezug gewandert war. Da erhob sich Kurt mit einem festen Ruck, führte in zwei Sätzen aus, dass er Negerinnen sowieso nicht leiden könnte, und stürmte voran, an die Theke der benachbarten Bar. Dort tranken sie irisches Bier, begannen, sich zu langweilen und machten sich auf, das Schiff zu erkunden. Zunächst gingen sie zwei Stockwerke höher an

Deck, aber der Wind war erschreckend heftig, nahm ihnen den Atem und zwang sie schließlich, wieder in den warmen Korridor im Inneren zu flüchten. Schließlich, als sie gerade mit dem Gedanken spielten, sich in ihre Kajüte zurückzuziehen, entdeckten sie die kleine Bibliothek mit einer schmalen Theke am Eingang. Sie kauften sechs Flaschen Bier, setzten sich in die bequemen Klubsessel und blickten nach achtern hinaus auf die See, auf die hellen Lichter und die ferne Küste, träumten von fremden Ländern und Sitten, bevor sie den Rest der Nacht in ihrer Kabine verschliefen.

Am frühen Morgen saßen sie im Restaurant und aßen große Mengen an Hering, Bacon und Spiegeleiern, tranken Kaffee, sahen vor den Panoramafenstern eine kleine Festung auf einer winzigen Insel vorbeigleiten und hatten schließlich den Hafen erreicht. Die meisten ihrer Weggefährten waren bleich und zum Teil noch erheblich betrunken, als sie über die schier endlose Gangway das Schiff verließen. Die letzte Etappe war eine Rolltreppe, auf der die Frau vor ihnen einen Karton mit Bierflaschen fallen ließ. Der rundlichen, älteren Dame in Schwarz war die Sache überhaupt nicht peinlich. Ihre ganze Sorge galt den kullernden Flaschen, und sie bückte sich und sammelte auf, was nicht geborsten war, merkte nicht, dass das Ende der Treppe rasch auf sie zukam. Kurt war unmittelbar hinter ihr, und während sie über die letzte Schwelle stolperte und stürzte, sprang er mit einem weiten Satz über sie hinweg, aus voller Seele fluchend und schimpfend auf die versoffenen Skandinavier und besonders deren Frauen, von denen eine in Glassplittern auf den Knien lag, und noch immer Flaschen grapschte und in ihre Einkaufstüte stopfte, als der spätere Pater nicht ausweichen konnte, an der Gestalt hängen blieb, mit einem Fuß, und der Länge nach hinschlug auf die hellen Kacheln des Fußbodens. Er hätte zwar bei der Ankunft schwedischen Boden geküsst, erklärte Pater Kilian lächelnd, aber gar nicht freiwillig.

In der vergleichsweise schäbigen und kalten Halle des Terminals setzten sie sich auf eine Metallbank. Keines der kleinen Geschäfte war geöffnet, aber der zukünftige Kilian musste sich von seinem aufsehenerregenden Sturz erholen, den Kurt, in seiner Art, einen eingesprungenen Rittberger nannte. Aus dem kleinen Koffer barg Kilian den Umschlag, öffnete ihn und las halblaut vor. Pünktlich um 13 Uhr bekämen sie weitere Anweisungen im Innenhof des regionalen Museums in Sichtweite des Denkmals von Gustav Adolf. Die Zeit war nicht zu lang, berücksichtigte man, dass eine fremde Stadt, nie zuvor gesehen, eine Herausforderung an sich sein konnte. Sie verließen das Gebäude der Reederei, stiegen eine weitere Treppe hinab, weil Kilian die Rolltreppe vermied, gingen an endlosen Reihen von nagelneuen Lastwagen vorbei, einen grasbewachsenen Hügel hinauf, vorüber an merkwürdigen Gestalten, fünf Männern und Frauen mit vier Hunden, die auf einer Bank saßen und zechten. Hässliche Hochhäuser mit Wohnungen, leere Plätze, auf denen der Wind pfiff, es war wie in jeder großen Stadt, meinte Kurt, wenn man in die Randbezirke ging. Dann kamen sie an eine Hauptstraße, ein wenig weiter in Richtung Stadt, und in der Mitte der vierspurigen Allee war eine Haltestelle der städtischen Straßenbahn. Sie studierten mit aufmerksamem Ernst den Fahrplan, der, blau auf weiß, für sie nicht lesbar war. Kurt meinte schließlich, dass zu viele Ausländer an dessen Gestaltung beteiligt gewesen waren. Dennoch war er es, der einen Eintrag fand, in dem sich der Name Gustav Adolf mit Mühe erkennen ließ. Es war die Linie 8. Nach einigen Minuten kam eine Tram mit dieser Nummer, hielt, und sie stiegen ein. Sie standen in der Nähe des Eingangs und hielten sich an Plastikschlaufen fest, schwankten mit dem Gefährt, und fanden sich einer blonden Schönheit gegenüber, die ebenfalls stand und ein in Packpapier gehülltes Etwas auf dem Boden mit einer Hand hielt, hellblondes Haar hatte, ein schönes, ebenmäßiges Gesicht mit einigen wenigen, entzückenden Sommersprossen, einen vollen, kirschroten Mund und einen perfekten Ausschnitt in ihrem Kleidchen, das kurz war und um die Taille gerafft, zwei prachtvolle Beine sehen ließ, die in dunkelgrünen Leggins steckten. Kilian hatte die Fahrkarten in der freien Hand und wusste nicht, wohin damit. Kurt spitzte ein Kussmaul in Richtung der Schönen, die rötlich anlief, den Kopf drehte und woanders hin schaute. Ein Student, der wenige Reihen wageneinwärts saß, wurde auf die Verlegenheit der beiden Deutschen aufmerksam, kam zu ihnen herüber und fragte in einem lustigen Englisch, wo das Problem wäre. Sie zeigten ihre Fahrkarten, zuckten die Schultern. Der junge Mann nahm eine Karte nach der anderen und führte sie in den Schlitz einer Maschine, die sie gar nicht bemerkt hatten. Es ratterte kurz, die Ausweise waren entwertet, und die beiden Kollegen waren legal in der Straßenbahn. Die kurvte kreuz und quer durch die Stadt, vorbei an der Universität und dem dazugehörigen Viertel mit Cafés und kleinen Läden, an riesigen Bankgebäuden vorüber, die Zeit verrann, bis Kurt aufgeregt mit dem Finger zeigte. Die nächste Haltestelle war ihr Ziel. Sie stiegen aus. Kilian war ein wenig benommen von den vielen neuen Eindrücken, aber Kurt zog ihn auf einen quadratischen Platz mit dem eindrucksvollen Standbild eines mittelalterlich gekleideten Mannes mit Pferd. Es stellte wohl besagten König dar, erläuterte Kurt, denn der wäre bei seiner Heimkehr gesundheitlich nicht auf der Höhe gewesen, sogar recht tot, was die Symbolik der Figur deutlich machte. Um das Denkmal hatten sich Schulklassen gruppiert, die den Verblichenen zeichnen mussten, was Kurt zum Anlass nahm, am

Sockel der Figur die merkwürdigsten Gesten und Verrenkungen vorzuführen. Wurde er zunächst mit Beifall bedacht, auch von den Lehrerinnen, so hatte der Spaß sehr rasch ein Ende, als er in seiner Pantomime andeutete, das Pferd des Herrschers beschälen zu wollen. Aus diesem Grunde glich ihr Abgang eher einer schmählichen Flucht. Einige Hundert Schritte von dem Platz entfernt fanden sie das Museum und den Innenhof, die Plastik und die kleine, silberfarbene Schachtel. Der Spätberufene nahm sie an sich, schaute sich um, als wäre er James Bond, drückte sich in eine Ecke und öffnete das Kästchen. Darin waren 20 000 Kronen und die Aufforderung, sich am Abend im Schifffahrtsmuseum am Hafen einzufinden.

Sie gingen an der Oper vorbei, und Kurt meinte, angesichts der schönen und modernen Architektur, dass er dort auch gern einmal singen möchte. Auf der anderen Seite des Wassers ragte der kubistische Aussichtsturm in den makellosen Himmel, und dann sahen sie die ersten Museumsschiffe. Zunächst kamen sie an ein Handelsschiff, von dem Kurt sofort behauptete, dass er es aus den Heften mit Tintin und Captain Haddock auf den ersten Blick wieder erkennen könnte. Dann hatte ein Kreuzfahrtschiff aus den 30er Jahren festgemacht. Sie bestaunten die Türen zu den Kabinen im ersten Stock und fühlten sich an Agatha Christie erinnert. Ein breiter, schwankender Steg führte auf das Eingangsschiff, das für einen Kutter zu groß war und für ein Passagierschiff zu schäbig. Durch den ganzen Raum erstreckte sich linker Hand ein Tresen. In der Auslage fanden sich belegte Brote, warme und kalte Getränke, Bücher, Spielzeug, Andenken mit Motiven aus dem Museum und ein kleiner Schalter, an dem Eintrittskarten verkauft wurden. Auf der rechten Seite gab es ein halbes Dutzend Tische mit einfachen Stühlen und ganz am

Ende eine Toilette für beiderlei Geschlecht, wie es in Schweden üblich ist. Sie setzten sich, schauten sich um und sahen hinter dem Mittelteil der Theke ein bildschönes Mädchen mit rötlichblondem Haar, dicht und glänzend, das ihm über die Schultern fiel, ein ebenmäßiges Gesicht mit einer reizenden Stupsnase, vollen, weichen, fraulichen Lippen, ein kräftiger, schwerer Busen, eine ansonsten schlanke und ranke Figur, wäre da nicht der Hintern ein wenig ausladend gewesen. Die beiden Deutschen saßen und staunten, sahen zu, wie das Fabelwesen Tickets an zwei englische Pfadfinder verkaufte, an einen deutschen mit um die Schultern geschlungenen Pulli, mit gepflegtem Bart und glitzernder Brille, der sich drehte und wand und sich krampfhaft bemühte, die Schöne mit seinen Brocken Schwedisch zu beeindrucken, bis er einsah, dass sie besser Deutsch sprach als er die Landessprache. Als auch noch eine Gruppe von Kindern in Begleitung zweier ältlicher Frauen abgefertigt war, die Kurt als Eingeborene bezeichnete, standen sie ohne Absprache gleichzeitig auf, gingen fast im Gleichschritt auf diese Traumfrau zu und kauften, jeder für sich, ein Ticket. Sie sahen, dass die Schwedin auf der anderen Seite des Raumes, jenseits des Tresens, eine Küche zu bedienen hatte, dass sie gleichzeitig Salat putzte, rotes Fleisch zu Schnitzeln schnitt und Kartoffeln schälte. Kurt bestellte noch zwei Bier, die sie mitnahmen an ihren Platz. Vor dem hohen und breiten Fenster lag ein graues Kriegsschiff mit Raketen und Kanonen, sehr schmal und hoch. Es mochte noch vor kurzer Zeit seinen Dienst in der schwedischen Marine versehen haben. Kilian bemerkte, dass ein Rettungsfloß, das einzige wohl, nur über einen schmalen, hohen und steilen Niedergang zu erreichen war. Das stellte er sich im Ernstfall, bei hoher See und heftigem Sturm, vielleicht unter feindlichem Beschuss, als abenteuerlich oder gar völlig unmöglich vor. Als er Kurt darauf aufmerksam machte, nahm der den Faden auf und erinnerte daran, dass sie in Nordskandinavien wären, dass in diesem Landstrich immer noch der Glaube herrschte, dass vom Manne nur des Toten Tatenruhm übrigblieb, dass also die Konstrukteure dieses Schiffes wohl daran gedacht hätten, den Zugang zu Thor zwar sehr steil, aber auch sehr kurz zu gestalten. Worauf er einen tiefen Zug aus der Bierflasche nahm, während sich sein Gesicht mehr und mehr verzog, sehr deutlich Überraschung, dann Widerwillen und letztlich Abscheu spiegelte, bis er absetzte und einen Schwall des Getränkes auf den Boden spie, denn er war auf die leichte Version des Gerstensaftes gestoßen, nur halb so viel Alkohol; sie befanden sich in einem Lokal, das nicht über Kneipen-Schankrechte verfügte. Kurt knallte die Flasche mit dem Boden auf den Tisch, dass weißer Schaum durch die Gegend stob, erhob sich unvermittelt, und drängte zum Gehen. Der spätere Mönch zuckte die Achseln und folgte ihm durch den Ausgang neben dem Ticketverkauf, durch eine schmale Luke, auf eine Gangway, die nur durch ein Seil an jeder Seite gesichert war, die leicht, aber stetig, schwankte, aus zwei Brettern bestand und hinüberführte zu einem U-Boot, dessen Luke aus dem Wasser ragte und offen stand. Sie befanden den Einstieg als zu schmal und überquerten das schmale, glitschige, metallgraue Schiff, balancierten über die Reling, über weitere Bretter, hinüber zur Wand eines mächtigen Schiffes, über dessen Deck, hoch oben am Mast, eine Radarantenne kreiste. Ehrfürchtig staunten sie, als sie die Tür zur Brücke öffneten. Die war menschenleer, und so traten sie ein. Keines der Instrumente schien entfernt worden zu sein. Auf einem runden, grünen Schirm kreiste eine weiße Linie, das Ruder stand auf neutral. Kurt versuchte sofort, es auf volle Fahrt zu rücken, aber es war eingerastet. Die schmalen Scheiben, durch die einst Kapitän und Offiziere geblickt haben mochten, der simple Scheibenwischer gegen die Gischt der rauen Ozeane, sie waren ergriffen. Endlich zog der spätere Kilian seinen Kollegen am Ärmel. Sie stiegen die steile Eisenleiter hinunter und eine weitere, bis sie auf die Höhe der Messe kamen. Dort war für die Offiziere ein Tisch aufgestellt, kaum größer als ein Ping-Pong-Tisch. Er war immer noch gedeckt mit Tellern und Schüsseln aus weißem Porzellan, die alle eine hellblaue Inschrift trugen, mit schlichten Gabeln und Messern, wohl aus Zinn gefertigt und dunkel angelaufen, mit einfachen, aber großen Tassen und einer dickbauchigen Teekanne. Und unter dem Tisch lag etwas, denn zwei Beine ragten hervor, Füße, die Damenschuhe mit Absätzen trugen. Kurt meinte zwar, dies wäre nicht der richtige Ort für ein Nickerchen. Aber beide Männer wussten, ohne nachzudenken, dass etwas nicht stimmte, sie mit Schrecklichem zu rechnen hätten. Der spätere Kilian stellte das Herrentäschchen auf dem Tisch ab. Kurt bückte sich und zog an den Beinen, die schlank und schön waren, und brachte die Oberschenkel zum Vorschein, den grünen Minirock, den etwas zu prallen Hintern, die dunkelrote Bluse, den Busen und dann das Gesicht der rötlichblonden Schönheit aus dem Restaurant, das nur wenige Hundert Meter von ihnen entfernt war. Die Augen der Frau starrten auf einen Punkt an der niedrigen Decke, das Gesicht hatte immer noch eine frische Farbe, und Kurt meinte, es ginge der Dame wohl nicht sehr gut, wenn sie sich in ihre Pause an diesem Ort niederlegte, sie wäre denn eine Wikingerin. Er wollte noch etwas Witziges hinzufügen, aber dazu hatte er keine Gelegenheit mehr, starrte den späteren Benediktiner mit aufgerissenen Augen an, während Blut aus seinem Mund zunächst quoll und dann schnappte, griff nach seiner mageren Brust, umkrallte die Spitze einer Harpune und versuchte in einem sinnlosen Kampf, das Eisen aus seinem Körper zu ziehen, sich von der Last und dem unsäglichen Schmerz zu befreien, von seinem Tod, der in mächtigen Schritten auf ihn zukam, um ihn heimzuholen in das Reich aller Verzweifelten und Suchenden, denn Kurt hatte in seinem Leben niemals wirklich ein Ziel gefunden, so sehr er sich auch bemüht hatte. Kilian hatte zunächst die Hände vor das Gesicht geschlagen, war erstarrt wie ein Kaninchen vor der Schlange, hatte den Mund aufgerissen, lautlos zuerst, dann befahl er seinen Leib, seinen Geist und sein ganzes Sein in die Hände des Herrn, schrie mit gebrochener Stimme in den Raum, kaum verständlich „De profundis clamavi at te Domine", sprang mit demselben Atemzug auf und durch die schmale eiserne Tür, hörte hinter sich etwas Unbekanntes peitschen, surren, sirren und dann klappern und poltern, stürzte zur Reling und sprang über Bord, schwamm und schwamm, fast bewusstlos schon, bis er vor sich eine hohe, hölzerne Wand auftauchen sah, das Bord eines alten Segelschiffes, das im Göteborger Hafen lag und zu einem Hotel umgebaut worden war. So laut er konnte schrie er und rief dann mit schriller Stimme, bis sich ein bärtiges Gesicht über die Reling beugte, der Fremde selbst in Gebrüll ausbrach, ihm schließlich einen Rettungsring zuwarf und eine Leiter aus Tau herunterließ, selbst daran ins Wasser kletterte und den Ertrinkenden zu fassen bekam.

Pater Kilian erhob sich schwer aus dem Gras, klopfte Gras und Heu von seiner makellosen, schwarzen Kutte, während Pater Hilarius mit offenem Mund und einem lächerlich kurzen Stück Grases darin völlig erstarrte und ich versuchte, den Sinn der Geschichte zu begreifen. Niemals im Nachhinein hätte er etwas über Kurt oder die schöne Tote in Erfahrung bringen können, zischelte Bruder Kilian verschwörerisch. Er selbst hätte sich in der Nähe des Hafens in der riesigen, überdachten Einkaufszone verborgen, hätte wochenlang von Diebstahl gelebt, wäre allen Menschen ausgewichen, hätte sich schließlich und endlich auf eine Fähre nach Harwich gewagt, wäre gut dort in England und schließlich in Hamburg angekommen. Er hätte den Ruf Gottes sehr wohl verstanden und sich nicht wieder in die Versuchungen und Gefahren des weltlichen Lebens begeben, hätte nie mehr auch nur ein Glas Alkohol getrunken, sähe man von dem Apfelwein in der Abtei ab, hätte nie mehr eine Frau auch nur angeschaut oder sonst fleischlichen Gelüsten nachgegeben. Auch seiner Firma in Düsseldorf hätte er den Rücken gekehrt, ohne noch einmal zurückzublicken. Über Köln wäre er mit dem Zug bis nach Andernach gefahren, von dort zu Fuß nach Maria Laach gewandert und hätte den Abt darum gebeten, in das Kloster als Mönch eintreten zu dürfen. Als das größte Glück seines Lebens betrachtete er, damals gnädig als Novize angenommen worden zu sein und, nach den drei Befragungen über die Jahre und schließlich die feierliche Aufnahme als Bruder, mitwirken zu können an der Verwirklichung des Reiches Gottes auf Erden. Nichts in der Welt könnte ihn von seinem Streben und Tun abbringen, denn er wüsste jetzt, dass das Heil des Menschen nicht darin bestünde, seine Lüste kurzsichtig zu befriedigen. Ich blickte ihn ernst an, denn ich wusste nicht, ob er uns seine Geschichte nur zur Unterhaltung aufgetischt hatte.

Eine ganze Weile schwieg der Gast, hatte die Stirn in Falten gelegt, schien berührt und ergriffen. Dann aber öffnete er den Mund und führte, was sollte ich anderes erwarten, wieder eine seiner ketzerische Reden. Pater Kilian hätte also des Todes eines Freundes und einer schönen Frau bedurft, um auf den Weg Gotte geradezu gestoßen zu werden, meinte er leichthin, wäre er eigentlich unschuldig oder einer der Schuldigsten, der immer noch daran arbeitete, den Riesenberg an sündlicher Last abzuarbeiten, wollte er wissen. Ich schlug mit einem Griff meiner Hände die Kapuze über den Kopf und wollte nun gar nichts mehr sagen.

Die Frau aus den drei Zonen

Doch der Gast griff hinüber zu mir, fasste meinen Oberarm, sanft und ohne Druck, zwang mich förmlich dazu, ihn anzusehen und erklärte mit ruhiger und fester Stimme, dass Kilians Abenteuer zweifellos ein besonderes gewesen wäre. Wenn ich aber nicht abgeneigt wäre, wollte er mir noch eine seltsame Geschichte erzählen, die ihm vor vier Jahren widerfahren wäre und sich an einem Karfreitag ereignet hätte.

Es war also zwei Tage vor dem Auferstehungsfest des Herrn, am Tage seines Opfertodes, begann er, als ich von einer ebenso langwierigen wie anstrengenden, aber auch unterhaltsamen und angenehmen Reise zurückkehrte, die mich in die weitesten Winkel des Wendlandes geführt hatte, einer wunderschönen aber derart einsamen Gegend, dass es sich leicht an Moorgeister und wandelnde Schatten glauben ließ. Ich war dort in einer zwar windschiefen aber wunderhübschen Kate untergebracht, in der ein Maler und eine Silberschmiedin wohnten, in einem Ambiente, das durchdrungen war von Kunstverstand und gesellschaftlichem Engagement. Um das geduckte Häuschen erstreckte sich ein Garten, groß wie ein Park, mit einem Fischteich, einem schier unüberschaubaren Kräuterbeet und vielen Bäumen, die zum Teil beachtlich alt und stark waren. Eine ganz schwarze Katze schlich um Teich und Haus, maunzte vor der Tür, um gestreichelt zu werden, legte dann und wann eine Maus auf die Schwelle oder auch ein armes Vögelchen, um ihren Beitrag zum beschwerlichen Alltag zu leisten. Denn Herrchen und Frauchen hatten es nicht leicht in dieser hastigen und materiell eingestellten Gesellschaft, zumal inmitten von befangenen, unsicheren und deshalb unhöflichen Heidjern, die kaum weiter denken konnten, als ihre Schweine schissen. Als der Mann beispielsweise eines Nachmittages ein soeben gerahmtes Bild nach Hause bringen wollte, ein wirklich gelungenes Meisterwerk, erstellt in monatelanger, sorgfältiger und von flüssiger Eingebung beflügelter Arbeit, da traf er den Bauern von nebenan. Stolz streckte er das Gemälde vor sich, zeigte es in der Gewissheit, dass jedermann dessen Wert erkennen müsste, worauf der Landwirt den schweißdurchtränkten Hut in den Nacken schob, sich mit dem Handrücken die Stirn wischte und wissen wollte, ob er, der Maler, nicht Besseres zu tun hätte. Unter diesen Umständen lebte das Paar, das seine Jugend und einige frühe Hoffnungen hinter sich gelassen hatte. Geborgen fühlte es sich in seiner Freundschaft mit Gleichgesinnten, deren nächste etliche Kilometer Straße entfernt wohnten. In dieser Gegend zwischen Lüchow und Uelzen gab es aber auch immer noch Spökenkieker und merkwürdige Menschen, die kranke Männer und Frauen gegen Geld besprachen, wie sie es nannten. Es gab den Glauben alter Frauen an Hexenbesen auf den Dächern der Bauernhäuser in den Rundlingen, an die Roggenmuhme im Getreide, die kleine Kinder stehlen sollte, die während der Getreideente unbeaufsichtigt im Feldrain abgelegt würden, an Irrlichter, die den Wanderer ins Moor lockten, wo er hilflos ertrinken müsste, und es gab verbreitet immer noch einen weiteren seltsamen Irrglauben an einen Österreicher mit rechtem Scheitel und gestutztem Schnauzbart, mit donnernder Stimme und Lederjacke, der wiederkommen würde, um den Landmann in seinem Stand über alle Anderen zu erheben, denn dieser schüfe das Korn für das heilige Brot, umbräche die Scholle mit Kraft und Geschick, mehrte das Wohl des Volkes und Reiches, und der Gescheitelte würde das unwerte Leben wieder aussondern zum

Nutzen des werten und die hehre Kunst trennen von allem Entarteten.

Meine Gastgeber waren bar jeden Aberglaubens, aber sie glaubten auch in ihrer zweiten Lebenshälfte unerschütterlich an die Revolution, an Freiheit, Gleichheit und Brüderlichkeit, an den neuen Menschen, der entfesselt sein würde von Eigensinn und Habgier, glaubten an eine neue Form der Gesellschaft, in der sich Sozialismus und Demokratie auf ideale Weise vereinten zum Wohle vor allem der Schwachen. Wir führten viele Gespräche in dem zweiteiligen, ums Eck gebauten Wohnzimmer, in dem der Gusseisenofen aus der Gründerzeit wegen der frühlingshaften Kühle abends so angenehm bullerte, gefüttert mit Kiefernholz aus eigenem Bestand. Wir sprachen über die pervertierten Formen des Kapitalismus mit seinen korrupten Politikern und grinsenden Bankmanagern, über den Zynismus der sogenannten Liberalen, die alle Menschen aus der Gesichertheit einer Staatsfürsorge entlassen wollten, egal ob schwach und krank oder stark und gesund, die von Vollkaskogesellschaft schwafelten und den notwendigen Verzicht darauf. Unser Thema war die stete Gewalt in den Familien, der Verzicht der heutigen Kinder auf echte Erlebnisse, deren Flucht in virtuelle Welten. Aber wir sprachen auch darüber, dass junge Menschen, in einer Familie wie in der Schule, nur mit Liebe und dem rechten, beispielhaften Vorleben die wirklichen Werte erwerben könnten, mit Beharrlichkeit, Überzeugungskraft und innerer Stärke. Notwendig wäre vor allem eine neue Definition der Werte einer modernen Gesellschaft, befanden die Beiden. Es stellte sich beispielsweise die Frage, ob in einer fortgeschrittenen und gut unterrichteten Gemeinschaft von Menschen eine Strafe in irgendeiner Form richtig und angemessen wäre, läge doch in jeder strafrechtlichen Zurechtweisung ein guter Anteil Gewalt des Urteilenden und des Vollzuges. Dumpf brütete, befanden wir gemeinsam, an den Stammtischen die Unwissenheit, die Forderung nach Kopf ab! Grenze zu! Ausländer raus!, lebte nach wie vor der Glaube an die Zeiten der Diktatur, in denen Recht und Ordnung geherrscht hätten, in denen eine Frau noch in der Nacht unbehelligt durch einen Wald hätte gehen können, in denen jeder Arbeit und Brot gehabt hätte. Je mehr köstlichen Merlot wir tranken, desto gewisser wurden wir, dass wir gern teilgehabt hätten an einer solchen Runde in bierschwangerer Luft im Dorfgasthaus, dass wir es denen schon erzählt hätten, dass die Freiheit für unendlich viele Menschen gar nichts bedeutet hätte in jener unsäglichen Zeit, in der Behinderte getötet, Menschen wegen ihres Glaubens vergast und selbst kleine Kinder in Konzentrationslagern erschlagen wurden. Und manchmal, wenn der Maler auf dem Sofa schlummerte und kunterbunten Rotweinträumen nachhing, wenn der Frühlingswind um das Haus ging wie ein unsichtbarer Geist und Mozarts herrliche Jupitersinfonie aus den Lautsprechern klang, dann kam sie zu mir, die schöne Silberschmiedin mit den kurzen, braunen Haaren, dann kauerte sie vor mir, legte ihren Kopf auf meine Knie und ließ sich von mir streicheln wie eine liebbedürftige kleine Katze. Sie hielt die Augen geschlossen, wand sich unter meiner Hand, und schließlich erhob sie sich, geschmeidig und rasch, hob ihren Rock, setzte sich über mich und ritt auf mir mit einem süßen, unschuldigen, hingebungsvollen Gesicht, dessen dunkle Augen strahlten, als schiene die Sonne in ihnen. Hinterher pflegte sie aufzustehen, zu kichern wie ein kleines Mädchen, sich den Stoff vorn und hinten behände und leicht glatt zu streifen, um schließlich zu ihrem Maler zurückzukehren, ihrem Liebsten und Mann, den sie über Alles verehrte und bewunderte, sich in seinen Arm zu kuscheln, was das Zeichen für mich war, in meine kleine

Kammer aufzubrechen mit der Liege, der Marmorschüssel und dem Nachtgeschirr.

Wir nahmen Abschied wie Erwachsene, die sich im Laufe eines langen Lebens daran gewöhnt hatten, sich zu trennen und wieder zu finden, wie es die Läufe der Zeit eben bestimmten. Der Maler umarmte mich steif, denn er konnte Körperkontakt nicht ausstehen, die Schmiedin drückte mir einen Schmatz auf die Wange, errötete ein wenig, lächelte ihr bezauberndes Lächeln und drückte mich so fest, dass ihr Busen unter dem selbst gestrickten Pullover meine Brust berührte und mich erschauern ließ. Deshalb drehte ich mich um, gab vor, ganz tief gerührt zu sein, zu sehr, um noch länger zu verharren, ging zu meinem Auto hinüber, stieg ein und fuhr fort, sozusagen in einer einzigen, umfassenden Bewegung. Ich fuhr langsam die sandige Dorfstraße hinauf, die von Treckerspuren durchfurcht und von Kühen wohl gedüngt war, wich einer kleinen Bande von braunen Hühnern aus, über die ein ebenso bunter wie stolzer Hahn wachte, erreichte die Kreisstraße, an der Birken, in ihrem zartesten Grün, voller Schönheit reglos verharrten und bog schließlich auf die Hauptstraße ein, die wie ein breites Band aus Asphalt die Heide durchschnitt und Mensch von Menschen, Dorf von Dorf trennte. Das war am Gründonnerstag. Ich fuhr bis nach Hitzacker, wo ich einen alten Freund traf, einen Musiker, und übernachtete dort in einem guten Hotel.

Jenseits der Heide erreichte ich am folgenden Tag, voll schwerer Gedanken, die alte Stadt Salzwedel, die ich in eindeutiger Erinnerung hatte, und zwar aus der Zeit vor der Wiedervereinigung. Ich hatte sie zum ersten Mal an einem Herbsttag besucht, als nach einem klaren Tag die Nebel über die Felder zogen. Der Gestank von Zweitaktmotoren und

Braunkohle war überwältigend. Ich kämpfte mit einem heftigen Brechreiz, der durch die schlechten Straßen und die vielen Kopfsteinpflaster nicht gemindert wurde. Ein Hotel in der Innenstadt war mir empfohlen worden, in dem auch die örtliche politische Prominenz angeblich abzusteigen pflegte. Als ich dieses Haus betrat, zitierte ich unwillkürlich für mich und unhörbar den 130. Psalm „De Profundis", rief ich lautlos den Herrn an, bat ihn, mir Geduld zu geben. Es war eine Frechheit, was sich meinem Auge bot. Essen gab es nicht, erklärte mir die Schlampe am Empfang, fettige Haare, Plastekleidung, mit wehendem Wermutatem, das wäre aus-gegangen. Als ich sie fragte, wohin denn wohl, glotzte sie mich an wie die Kuh aus dem Sprichwort. Ich sollte 30 Mark West für das Zimmer bezahlen oder 60 Mark Ost. Sie könnte mir aber die Unterkunft nicht zeigen, da sie zu tun hätte, ich fände sie leicht selber im ersten Stock, das Haus hätte nur zwölf davon. Ich fasste meine Reisetasche und stieg auf der knarrenden Holztreppe nach oben, geriet in eine dumpfe, diffuse Dunkelheit, die geschwängert war mit muffigen, alt-backenen und schlimmeren Gerüchen. In einem Sonnenstrahl, der durch ein schmales Fenster hereinfiel, tanzte der Staub wie ein Vorhang, sodass ich einen Moment lang um Luft ringen musste, weil ich das Gefühl hatte, ich könnte ihn nicht durch-dringen. Das, was sie Hotelzimmer nannten, war ein durch spanische Wände abgeteiltes, dunkles und staubiges Kabuff, dessen Komfort sich zwischen dem der Räume in einer ein-fachen Jugendherberge und dem der Kapitänskajüte auf einem Fischkutter bewegte. Was ich noch sah, bevor ich die Treppe hinunterstürzte, war ein riesiges, schwarzes Radiogerät mit der Aufschrift Robotron. Obwohl ich bereits bezahlt hatte, stürzte ich in wilder Hast durch den wirbelnden Staub, am un-besetzten Empfang und der dunklen und leeren Küche vorbei, hinaus, durch die grün und rot verglaste Eingangstür, hinein in den rauchdichten Herbstnebel, in den Zweitakt-Gemisch-Gestank, zu meinem Wagen und dann fort aus Salzwedel, über die holprige Piste, bis ich den bedrückenden Sperrbezirk erreichte, das Häuschen mit den arroganten Grenzern, die mit einem Spiegel an einer langen Metallstange unter meinen Wagen blickten, durch das Niemandsland und schließlich auf die einigermaßen befestigte Straße nach Bergen an der Dumme.

Das aber lag mehr als 20 Jahre vor den Ereignissen, über die ich berichten will. Als ich Salzwedel an jenem Frühlingstag erreichte, vorbei an dem Grenzturm fuhr, der als Denkmal der deutschen Teilung stehen geblieben war, mich auf der glatten und gut ausgebauten Straße befand, das Tierheim passierte, in dem allein gelassene Hunde und Katzen schrien wie in jedem Tierasyl der Welt, da betrat ich eine ganz neue Region unseres Landes, ein Ding zwischen versteinerter Geschichte und hoffnungsvoller Zukunft. Mochten die Menschen noch vor kurzer Zeit gefangen gewesen sein zwischen der Diktatur der Nazis und der des sogenannten realen Sozialismus, mochten ihnen noch die Rufe in den Hälsen stecken, mit denen sie mal dem Einen, mal dem Anderen zugejubelt hatten, es war nicht zu übersehen, dass sich dort etwas erhob, langsam vielleicht und noch vorsichtig die Wunden leckend, aber fast schon erhobenen Hauptes in Richtung Frühling, Sonne und Zukunft schnuppernd. Trotz des blind wütenden Kapitalismus des neuen Jahrhunderts im vereinten Deutschland war nicht zu übersehen, dass aus der Masse der einzelne Mensch herauszuschauen begann, langsam immer selbstbewusster und um das gute Gefühl der Freiheit wissend. Wäre da nur nicht dieser braune Dreck gewesen, hätten da nicht die stupiden Glatzköpfe in ihren Bomberjacken und Stiefeln an der Tankstelle gelungert, dieses Gesocks, das nichts ablehnte und nichts bejahte, sondern stieren Blicks und blöden Sinnes die Hand zu heben bereit war zu jenem unseligen Gruß, wenn der einzelne, in der neuen Welt verlorene, Mensch nur ein klein wenig Gleichgesinntheit, Freundschaft, Kameraderie, Zuneigung überhaupt fand in einer Welt, die offenbar nichts herschenken wollte, noch nicht einmal einen wohlfeilen Arbeitsplatz. Und schon stellte sich mir die kleine, böse Frage, ob diese Soße ohne einen festen Grund schwimmen konnte, ob es nicht eine stumme Zustimmung gab zu diesem boshaften Angriff auf die der Zeit angemessene Menschlichkeit, auf die schwierige Regierungsform der Demokratie, ob das tumbe Klatschen vor den Fernsehgeräten zu Volksliedern, die keine waren, sich einfach fortgesetzt hatte, aus einer Zeit der Hakenkreuzfahnen und dann der roten Banner herrührend, ob die Jahre der Lobpreisung des Durchschnitts, der Einfachheit, des Anspruchslosen und Gewöhnlichen, des schlichten Bauern und Arbeiters unter Ausschluss alles Andern, besonders des eigenen Denkens, wirklich und dauerhaft überwunden war.

Eine weitere Tankstelle, ein Einkaufszentrum, nichts erinnerte an damals. Dörfer, Friedhöfe, viele außerhalb. Ich erinnerte mich daran, dass sie zur Zeit der Wende ungepflegt waren und vernachlässigt, wie die Kirchen. Eingeschlagene Fenster, verrammelte Türen, Religion als Opium für das Volk. Als die Mauer fiel, da schnappte ein seltsamer Mechanismus auf wie ein sich öffnendes Schloss, entfaltete sich eine über Jahre verborgene Geheimtür. Die große Mehrheit des Volkes war über Nacht für die Kirchen, für die Friedhöfe, wenn nur die Zuschüsse gewährt würden. Seltsame Gedanken kamen über mich, als ich dahin fuhr von Salzwedel in Richtung Wittingen. Eine katholische Kirche wurde geschändet, angerempelt, halbwegs abgetragen, weil sie einer vorsozialistischen Zeit angehörte. Dann war sie schließlich in Scham erstarrt mit gebrochenen Fenstern, zerkratzten Türen, gebrochenem Mauer-werk, bröckelndem Stein. Schlug die Uhr der Wende, wurde sie plötzlich geliebt, als das unveräußerliche Heiligtum auf-geführt, klagend dem Papst angeboten, der ihre Wunden heilen sollte, aber ein bisschen rasch, mit Geld und Bau-arbeitern. Alles wurde wieder schön. Kirche entstand und Dom, Touristen kamen und freuten sich und zahlten, eine Gemeinde hatte wieder Chor und Posaunen. Diese Dinge wurden eingesackt als selbstverständlich, denn der Mensch hatte doch Anspruch auf einen Raum für seinen Glauben. Zu danken hatte keiner, denn das war der Gang der Geschichte, und von Sozialismus war nicht mehr die Rede, auch nicht von Ochs und Esel, die ihn nicht aufhalten könnten in seinem Lauf. Nur, behielten sich die neuen Katholiken vor, sollte sich der Papst erdreisten, Kondome als nicht heilsam betrachten, dann wären sie aufgerufen, dagegen anzugehen mit lila Fahnen und neuem Kriegsruf, mit Liedern zur Gitarre und frischem Glaubensschwung.

Auf der alten Salzstraße ereilte mich mein Geschick. Seit einiger Zeit war mir bewusst, dass ich mich erleichtern musste, nicht irgendwann, sondern umgehend. Es war ja Karfreitag. Der Verkehr auf der Bundesstraße hielt sich in Grenzen, als ich hinter einer langen Kurve eine sandige Einfahrt sah, die zu einer Kiesgrube führte, einige Meter von der Fahrbahn ent-fernt. Ich blickte in den leeren Rückspiegel, bremste vor-sichtig, zog den Wagen nach rechts und lenkte auf einen recht breiten, unbefestigten Sandweg, auf dem sonst Lastwagen fahren mochten. Kieselsteine lagen herum von denen ich fürchtete, sie könnten mein schönes Auto beschädigen. Ich stoppte, stieg aus, riss den Reißverschluss meiner Hose auf und erleichterte mich in einem weiten, gelben Strahl, wohlig atmend, Augen geschlossen, Luft durch die Nase, angenehm entspannt. Als ich mich schüttelte und umdrehte, da sah ich ein Fahrzeug, weiß, groß, schmale Reifen, ein Wohnmobil. Ich richtete mich völlig auf in der Gewissheit, jetzt sofort weiterfahren zu wollen, noch einmal diesen Platz zu betrachten, kurz Abschied zu nehmen, lächelnd darüber hinwegzugehen. Mein Blick schweifte über die Köpfe der Birken, der nahen Kiefern, über den schönen, blauen Himmel, hinüber zu dem Wohnmobil. Und dann sah ich sie, meine Silberschmiedin, auf dem Beifahrersitz des Fahrzeuges, Tür geöffnet, schwarz bestrumpfte Beine, Augen dunkel geschminkt, keckes Lächeln, mir zugewandt. Ich war eher verdutzt als erschrocken, auf alle Fälle in höchstem Maße verunsichert. Ohne, dass ich darüber nachgedacht hatte, setzte sich mir ein Fuß vor den anderen, ging ich hinüber zu dem Gefährt, blieb ich eine gute Armlänge davor stehen und schaute und starrte. Sie war es, ohne jeden Zweifel. Nur war ihr Mund grell geschminkt, waren ihre dunklen Augen von Make-up eingerahmt, hatte sie eine völlig unangemessene Pose angenommen, ganz auf die erotische Anziehung bedacht.

Sie lächelte wissend, erhob sich von ihrem Sitz mit bewusst aufreizender, halber Drehung, sodass ich die Naht ihrer Strümpfe von hinten sah, ihr Gesäß, das in einem knappen, schwarzen Slip steckte und überaus anziehend war, ihre dunklen, schönen Haare über den weißen, schmalen Schultern. An der hinteren Tür des Campers erwartete sie mich, ein wenig gebückt, wegen der geringen Höhe des filzbezogenen Wagendaches, Kopf vorgereckt, auf Pose bedacht, ihr weißer Busen prachtvoll über und hinter der schwarzen Kunstseide ihres Oberteils. Ich kletterte unbeholfen hinein in das seltsame und ungewohnte Gefährt, sah auf der rechten Seite eine ausladende Matratze, auf die eine Art Fell geworfen war. Links war ein ganz schmaler Gang ausgespart, über den wohl das

Führerhaus zu erreichen war. Selten hatte ich mich in meinem Leben gehemmter gefühlt. Das alles war mir völlig neu. Auch hätte ich erwartet, dass es in einem solchen Wagen, unter der kräftigen Frühlingssonne, deftiger gerochen hätte. Der anregende Geruch einer Frau nach dem Akt schwebte mir vor, ergänzt durch ein billiges Parfum, vielleicht der penetrante Duft von männlichem Sperma. Es war nichts dergleichen. Stattdessen roch es nach Fusel und Diesel wie in einem Lastwagen. Ich setzte mich auf das umfangreiche Lager, sie nahm neben mir Platz, öffnete und schloss nervös die Beine, nahm ihr Oberteil ab, entblößte ihren schönen Busen und fragte mich nach meinen Wünschen. Ob oral, wollte sie wissen, oder GV, worüber ich grübeln musste, bis sie für mich übersetzte, mit dem Mund oder richtig. Es war eine heikle Situation. Nach derartigen Dingen war mir gar nicht zumute. Also nestelte ich einen ansehnlichen Geldschein aus meiner fadenscheinigen Börse, reichte ihn hinüber, stellte meine Arme hinter meinem Körper auf und wartete ab. Indes, als sie nach meinem Gemächt griff unter der Hose, nach dem Ding, das noch vor ganz kurzer Zeit so lustvoll Wasser gelassen hatte, da fiel ich ihr in den Arm, hielt die Frau davon ab, die überrascht zurückwich, schaute ihr ins Gesicht und polterte los, was sie denn in dieser Blechbüchse triebe, die sie doch eine begabte Silberschmiedin wäre. Wieder beugte sie sich über mein Glied, wollte mit ihren vollen Lippen danach tasten. Ich fasste sie zärtlich unter das Kinn, hob ihr Gesicht zu mir empor, sah in ihren Augen eine Versonnenheit, eine Ferne, ein Gebilde aus lichtem Glas am Grund des tiefen Brauns. Sie richtete sich auf, lehnte sich weit zurück gegen die etwas entfernte, metallene Wand des Fahrzeuges, schloss die Augen und begann, zu erzählen. Die Schmiedin in der Heide, erklärte sie, wäre am Abend zuvor gestorben, getötet, umgebracht von dem Bauern, der als Nachbar immer ihr größter Bewunderer gewesen wäre.

100

Sie hätte sich ihm seit Jahren verweigert, bis sein Stolz ihm diese schlimme Tat befahl. Als ihr Mann, der begabte Maler, nach einigen Gläsern Rotwein vor dem Ofen eingeschlummert gewesen wäre, hätte er an die Tür geklopft. Sie hätte ihm zwar geöffnet, ihn aber sofort zurückgewiesen. Da hätte er den Spaten gegriffen, der, das Blatt weiß gestrichen, als Zierrat in der Tür gestanden hätte, hätte ihr mit einem Schlag den Schädel gespalten und wäre dann fortgerannt, besinnungslos in seiner Pein, wissend, dass er etwas Unerhörtes angerichtet hätte. Ich war erstarrt in meinem Entsetzen und in meiner Überraschung, schaute sie ganz genau an. Aber in ihrem Gesicht stimmte jede Kleinigkeit mit dem mir so angenehm vertrauten überein. Also griff ich nach ihrem linken Oberschenkel, rückte ihn in einen Winkel, in dem ich die Innenseite genau erkennen konnte, trotz des trüben Lichtes der Innenraumbeleuchtung. Das Muttermal befand sich an der Stelle, an der ich es zum ersten Mal gesehen hatte. Langsam stieg der Zorn in mir auf. Es musste eine natürliche Verbindung zwischen der vertrauten Heidekate und dem Liebesmobil geben. Da sprach sie schon wieder, plapperte mit ihrem hübschen Mund, erzählte mir, dass sie eigentlich in drei Zonen und Welten zur selben Zeit existierte. Sie könnte auch in allen drei Existenzen gleichzeitig empfinden. Ihr drittes Ich wäre derzeit in China, unweit des Gelben Flusses, in einem schönen Bungalow, das ein Diplomingenieur angemietet hätte, der dort für eine Autofirma Tag und Nacht schuftete. In den vielen Stunden seiner Abwesenheit hätte sie dort den männlichen Dienern sowie manchmal Kollegen ihres Mannes und den Nachbarn nachgestellt und große Erfolge verzeichnet. Ich schwieg sprachlos. Meine Gedanken rasten. Ich wusste in diesem Augenblick nicht, ob das nur eine fürchterliche Aufschneiderin war oder nicht. Denn wenn die Geschichte auch nur annähernd der Wahrheit entsprach, müsste ich mein ganzes Weltbild neu ordnen. Um Zeit zu gewinnen, schlief ich mit ihr. Es war eine rein logische Sache ohne die rechte Lust, aber sie schien es zu genießen. Bis sie meinen Oberkörper mit den Armen zurückstieß, ein wenig schrie und zugleich weinte. Ich ließ sofort von ihr ab, rollte mich auf die Seite, wollte fragen, was geschehen wäre. Sie hatte sich aufgesetzt, die Knie angezogen und mit den Armen umschlossen, den Kopf vergraben, sodass ihre dunklen Haare das schöne Gesicht verdeckten. Sie schluchzte, während ich versuchte, zu ihr vorzudringen, sie zu streicheln und zu trösten. Da wandte sie mir ihr verweintes Gesicht zu mit dem um die Augen verlaufenen Make-up. Sie hätte gerade erlebt, berichtete sie stockend, dass ihr Ehemann in China sie ertappt hätte, während sie es mit einem Gast trieb. Er hätte den schmalen Spaten des Gärtners ergriffen und damit ihren Kopf mit einem einzigen Hieb gespalten.

Ich zog langsam die Kapuze vom Kopf, griff mit der rechten Hand über und hinter mich und glättete den Stoff auf meiner Schulter. Jetzt war mir klar geworden, dass dieser Gast mich, den seiner Meinung nach weltfremden Mönch, auf seine Weise auf die Probe stellen wollte. Denn eine Frau, die in drei unterschiedlichen Zonen lebte, das widersprach jedem gesunden Menschenverstand. Da setzten die Glocken ein, erst die kleinste, dann nach und nach alle acht, wie ich es seit vielen Monaten und Jahren gewohnt war. Ich sprang auf, denn der heilige Benedikt hat befohlen, nicht einen Moment zu zögern, wenn der Ruf ins Gotteshaus ertönt, fasste den Gast an die Schulter und erklärte ihm hastig, dass wir uns am nächsten Vormittag nach der Morgenhore an derselben Stelle treffen sollten, denn ich würde gern weiter mit ihm reden. Dann schürzte ich meine Kutte und lief mehr als dass ich schritt hinüber zur Basilika, denn die Stunde der Vesper war gekommen und die Zeit des Wechselgesanges und der inneren Einkehr. Als ich mich vor der mächtigen Tür kurz umdrehte, sah ich, dass der Gast regungslos auf seinem Platz verharrte, ein Bein über das andere geschlagen hatte, und ich musste einfach derart böse denken, dass ich ihm unterstellte, mich ganz bewusst hinter das Licht führen zu wollen.

Von unseren Gnaden

In der Nacht plagten mich schwere Träume. Ich sah eine wunderschöne, dunkelhaarige und mandeläugige Frau, mit den sanften Gesichtszügen der Gottesmutter, die nach mir rief. Als ich nicht antwortete, weil ich tiefe Furcht empfand, da wurden die Rufe lauter, derber und schließlich obszön, sodass ich mich abwandte und weinte. Und als ich es wagte, wieder hinzuschauen, da hatte sie sich in die Schmerzensreiche verwandelt, wie sie in der kleinen Kapelle in unserer Basilika steht, die mir so vertraut war, und die sie jetzt in Besitz nahm mit ihren braunen Augen und dem volllippigen Mund. Ich spürte zu meinem Entsetzen, wie Hass in mir aufstieg, Wut gegenüber dieser Frau, und ich war mir im Traum gar nicht mehr sicher, ob sie wirklich unseren Heiland geboren hatte, den Erlöser, den Herrscher der grenzenlosen Liebe. Schweißgebadet erwachte ich, war tief erfüllt von Scham und Reue und Zorn auf meinen schwachen und unwürdigen Leib, der sich durch die Geschichten des Gastes derartig hatte aufwiegeln lassen. Ich kniete neben meinem Lager, hatte den Rosenkranz ergriffen und betete mit aller mir möglichen Inbrunst „de profundis", aus der Tiefe, zu Gott dem Herrn und dann zu den Schutzheiligen, spürte, wie Erleichterung in mir aufstieg, wie mein Körper sich aus der erstickenden Umklammerung der Schuld befreite und löste, und ertappte mich dabei, wieder an den Gast zu denken, an das freundschaftliche

Gespräch auf der Bank am Rosengarten, und ich freute mich
darauf, ihm wieder zu begegnen, ihm zu erzählen oder zu
lauschen. Die Hore kam und ging und auch das schlichte, aber
wohlschmeckende Frühstück im Refektorium mit gutem,
grauen Brot, Tee und Kaffee, leckerem Aufschnitt und den
beiden Sorten Käse. Die Lesung von der Kanzel stand indes
im Raum, ohne an meine Seele zu dringen, der Segen, die
kurze Andacht im Schweigen, alles verlief wie an jedem Tag.
Und doch war ich ungewohnt erleichtert, als ich gemessenen
Schrittes das Kloster durch die Gästepforte verließ. Kein
Bruder schaute mich staunend an, denn alles wussten, das ich
damit betraut war, unseren Besuchern ihre Aufenthalte bei uns
so angenehm wie möglich zu gestalten.

Als ich den Innenhof überquerte, sah ich ihn schon von
Weitem, wie er auf der Bank über der leicht erhöhten
Balustrade Platz genommen hatte, die Beine übereinandergeschlagen, als hätte er sich seit dem vergangenen Tag nicht
bewegt. Er blickte in meine Richtung, sah mich und winkte
mir munter zu. Ich ging fest und bestimmt zu ihm hinüber, die
Kapuze auf dem Schädel, die Hände in den Ärmeln meiner
Kutte, ein fast ungewolltes Lächeln auf den Lippen. Er erhob
sich rasch, als ich einige Schritte vor ihm stehen blieb, wollte
mich an den Schultern fassen, aber ich wich zurück, nickte
ihm so freundlich wie möglich zu und gebot ihm mit einer
Geste, wieder Platz zu nehmen auf der Bank in der Sonne, die
Basilika im Blick und den Garten, der sich gepflegt und dicht
bewachsen ein wenig unterhalb unseres Platzes dem Blick
erschloss. Er war nicht gekränkt durch meine kleine Zurück-
weisung, setzte sich, rutschte ein wenig, sodass ich bequem
neben ihm Platz finden konnte. Ich lehnte mich zurück, hob
mein Gesicht gegen das Licht und erklärte kurz, dass er sich
auf eine Erzählung gefasst machen konnte, die völlig der

Wahrheit entsprach, im Gegensatz zu manchen seiner Ausführungen, woraufhin er zu protestieren begann, mit Händen und Armen weitläufige Bewegungen machte, wie es einfache Menschen zu tun pflegen, die ihre schlichte Sprache damit verstärken und unterstützen wollen. Ich griff, zu meiner eigenen und großen Überraschung, seinen Arm und hielt ihn eine Weile fest, während ich ihm in die Augen blickte und eingehend ansah.

Vor einigen Jahren, begann ich, beherbergten wir einen merkwürdigen Gast in unseren Mauern. Mitten im höchsten Sommer, kurz vor der Zeit der Apfelernte, stand er unvermittelt vor unserer Pforte, ein fast zwergwüchsiger Mann, dick und rund, mit kurzen Watschelbeinen und einem Kopf wie eine Melone, viel zu groß für die gedrungene Gestalt, mit glattem, durchsichtigem weil strähnigem, mit Wasser an den Schädel geklebtem Haar von unbestimmter Farbe, einem rasierten Gesicht, welches förmlich um Ohrfeigen bettelte, das glatt rasiert war und wie eine Speckscharte glänzte, die weißlichgelbe Fläche der Wangen durchbrochen von schwarzen Bartstoppeln und schließlich mit zwei unerhört großen Ohren, völlig unsymmetrisch, das linke im rechten Winkel, das rechte gar ein wenig gegen die allgemeine Richtung nach vorne geklappt. Zu seinen Füßen hatte er einen kleinen, quadratischen Karton abgestellt, der mit einer Reklameschrift in einer fremden Sprache geschmückt war, Polnisch vermutete ich. Der ehrwürdige Bruder Timotheus, der den Dienst an der Pforte versah, hatte mich durch den Novizen rufen lassen, weil er mit dem Besucher nichts anzufangen wusste. Nun schaute er mich an unter seinen dichten, buschigen, weißen Augenbrauen, runzelte die Stirn und deutete sozusagen mit seinem ganzen, fragenden Gesicht auf den Fremden, den er wohl eher als Eindringling denn als Gast betrachtete. Auch ich war unangenehm berührt, gedachte aber der Regel des heiligen Benedikt, nach der wir den Gästen zuvorkommend zu begegnen hatten. Ich blickte also dem Männlein direkt in die Augen, was er wohl als zustimmende Aufforderung begriff, den er grapschte mit der linken Hand nach dem Bindfaden, der das Paket verschloss, bekam ihn zu fassen und streckte zugleich die rechte Hand vor, als wollte er die meine schütteln. Ich wich zurück, verschränkte die Arme über der Brust, verbeugte mich leicht vor ihm und bedeutete ihm mit einer Geste, einzutreten. Was seine Beine verraten hatten, das geschah. Er watschelte los wie eine Ente. Das tat er aber keineswegs scheu oder zurückhaltend, sondern fest und selbstsicher, fast schon arrogant. Er spähte den langen Flur des Gästetrakts hinunter, dann zur anderen Seite, in der wir neben der Pforte unser Büro hatten, endlich schaute Bruder Timotheus missbilligend an, der sich schweigend in seiner Kapuze versteckt hatte, und schritt dann forsch voran, als hätte er ein festes Ziel, das er so rasch wie möglich erreichen müsste. Als er fast die Tür zum Speisesaal für Gäste erreicht hatte, drehte er sich schroff nach mir um, sodass ich um ein Haar gegen ihn gestoßen wäre, ließ das Päckchen fallen und richtete zum ersten Mal das Wort an mich. Sein erster Satz war, dass er mittellos wäre und auf meine Gnade angewiesen. Sein Deutsch war ein grauenhaftes Gemisch aus Polnisch, deutschen Wortfetzen, aus dem Englischen direkt übersetzten oder in einer Art deutscher Adaption ausgesprochenen, englischen Wörtern und, wenn es gar nicht anders ging, englischen Brocken. So fiel ihm beispielsweise das Wort Gnade nicht gleich ein und er kaute zunächst auf dem Begriff „mercy" herum. Der Satz lautete dann in etwa, er hätte „zu leben auf meine mercy". Ich schwieg, denn uns sind ja überflüssige Reden untersagt, öffnete die Tür zum Saal, der um diese Zeit leer war, bat ihn herein und an einen Tisch, setzte mich zu ihm und fragte, ob er hungrig wäre. Er lachte ein lautes und künstliches Lachen, knallte sein Päckchen auf den Tisch und verlangte „Bockswurst und eine Bier". Nun war es an mir, mich ausschütten zu wollen vor Lachen. Aber das durfte ich nicht, das verbot mir der Respekt gegenüber meinem Gast. Also streifte ich die Kapuze ab, musterte ihn kurz und überlegen und erklärte ihm dann, dass wir kein Wirtshaus betrieben. Er riss seine schwarzen Brauen hoch, als wäre er empört, schob mit den Zähnen sein künstliches Gebiss hin und her und rief dann, er wäre ein guter Katholik, Präsident der polnischen Gemeinde der Stadt Lancaster in Nordengland, verdienter Soldat und Widerstandskämpfer, zuletzt im Krieg Feldwebel in der Armee des polnischen General Anders, die Teil der englischen Armee unter Montgomery gewesen wäre, übergelaufen von der Scheiß-Hitler-Wehrmacht während der Schlacht von Monte Cassino, mit dem siegreichen Heer Großbritanniens auf die Insel gezogen als enger Verbündeter, hoch angesehen und ausgezeichnet. Ich winkte kurz ab, erhob mich, ging zu unserer lieben Frau Jasper, die in der Küche stand, und orderte ein einfaches Mahl aus den Resten der Mittagstafel. Allerdings versäumte ich es nicht, eine Flasche Apfelwein aus der Kiste hinter der Küche zu nehmen, sie mit dem Öffner aufzuschnippsen und ein Glas aus dem Regal zu greifen, um unserem Gast Gutes zu tun.

Als ich zurückkehrte, hatte der Fremde seine Unterarme auf den Tisch gelegt und die Stirn darauf gebettet. Ich sprach ihn an. Er richtete sich auf und erklärte, dass er Gerhard hieße, aus Torun in Westpreußen stammte, in der Weichsel als Junge geschwommen wäre. Seine Mutter wäre nicht verheiratet gewesen, eigentlich nie in ihrem Leben, obwohl sie außer ihm noch drei Töchtern das Leben geschenkt hätte und alle im

Glauben an die heilige Mutter Kirche in Rom aufgezogen hätte. Als Kind hätte er einen Aufmarsch der Nazi-SS gesehen, mit großen Augen zugeschaut, gestaunt, bewundert, bis ein Offizier gekommen wäre und ihm eine derartige Ohrfeige versetzt hätte, dass er hierhin und seine „Mitze" dahin geflogen wäre, angeblich nur, weil er die Fahne nicht gegrüßt hätte. Seit dem Tag hätte er alles gehasst, was in irgendeiner Weise den Anschein des Nationalen oder Konservativen gehabt hätte. Treu und brav hätte er in England bis zum vorigen Jahr Labour gewählt, in der Hoffnung, diese Partei setzte sich für die Interessen der Arbeiter ein. Inzwischen war die Frau Jasper an unseren Tisch getreten, hatte einen großen Teller mit deftiger Bauernspeise vor ihm abgesetzt, reichlich mit Lyoner und Schinken durchsetzt, dazu einen Korb unseres trefflichen Brotes, hatte ein Kännchen Kaffee nachgereicht und eine Tasse. Ich stellte das Glas daneben und die Flasche Apfelwein. Der geschwätzige Mann schwieg ergriffen, roch an der Speise, schenkte sich ein Glas Wein ein, trank wie ein Verdurstender, setzte ab, schenkte nach, trank erneut, griff meinen Arm und drückte ihn fest, und ich ließ ihn gewähren, selbst ein wenig ergriffen von unserer Gastfreundschaft. Was nun folgte, war der schwierigste Teil der Unterhaltung. Während er Gabel für Gabel über seine blauroten Lippen schaufelte, mit halb offenem Mund geräuschvoll kaute und mit der Gabel locker zwischen Daumen und Zeigefinger seine Ausführungen unterstrich, sprach er ununterbrochen.

Als er zu sehen und zu begreifen begann, damals, am Strand der Weichsel, in der einfachen aber sauberen Kate seiner Mutter, da war es immer derselbe Mann, der zu Besuch kam, meist an den Wochenenden. Er musste dann hinaus, wenn es Tag war, oder in die Besenkammer, war es Nacht. Denn die Kate hatte nur einen Raum mit Bett und Feuerstelle. Stets an dem Tag, an dem der Mann abgereist war, hatte die Mutter über Geld für Einkäufe verfügt, hatte sie Gerhard zu dem Bauern in der Nähe geschickt, um Speck und Eier zu besorgen. Einige Monate später wäre hin und wieder ein anderer Mann dort gewesen, dann ein dritter, ein vierter und immer so fort, und seine Stunden in der Besenkammer oder vor der Tür wären unzählbar geworden. In der Zeit hätte er begonnen, sich abzunabeln. Er hätte einige Freunde kennengelernt, auch einige Mädchen wären darunter gewesen – wobei er kurz innehielt, mich ansah und, so glaubte ich, errötete. Sie wären im Sommer zum Fluss hinunter gelaufen, um zu schwimmen, hätten im Herbst beim Bauern nebenan Kartoffeln in den Feuern geröstet und im Frühjahr – wieder blickte er mich an, mit den Mädchen …, aber er ließ den Satz unvollendet. Über Nacht wäre ihm die Kate leid geworden und mit ihr seine Mutter mit den vielen Männern. Zwei Babys, seine Schwestern also, hätte sie bis dahin zur Welt gebracht, um die er sich während der mütterlichen Schäferstunden kümmern musste, sehr zum Spott seiner Kameraden.

Eines Morgens raffte er zusammen, was offensichtlich ihm gehörte. Es hatte in einem verknoteten Taschentuch Platz, wie jetzt sein Hausstand in dem kleinen Karton. Dann zog er los auf den sandigen Wegen, bis ihn ein Fuhrwerk mitnahm, das durch den Heidesand schlich, und der Bauer an den Zügeln des kräftigen Kaltblüters ihn absetzte in einem Außenbezirk von Torun. Es war Nachmittag und die Straßen waren verlassen. Er trabte dahin, übte auf einem Kopfsteinstück Springen auf einem Fuß, zählte am Rinnstein die Schritte, die er rechts und dann links tat, immer bis zu seiner magischen Zahl 16. Unvermittelt tauchte aus dem Halbschatten eines Hauses ein Mann vor ihm auf. Er erschrak, denn der Unbekannte war groß und hatte breite Schultern. Doch fasste er gleich wieder Zuversicht, als er die Uniform sah, die polnische mit der eckigen Mütze. Er baute sich vor dem Fremden auf und sprach ihn keck an, begehrte zu wissen, warum der ihm den Weg versperrte. Der Angesprochene lachte dröhnend mit einer mächtigen Bassstimme, legte ihm eine Hand auf die Schulter und erklärte, er wäre Leutnant der polnischen Armee und auf der Suche nach Rekruten. Die Gelegenheit hätte er sofort erkannt, erklärte der Gast mit vollem Mund, spie einige Blasen von sich, wischte ungefähr über das Gesicht, und fuhr fort. Von dieser Begegnung an hätte er einige schöne und erfüllte Jahre erlebt. Er war in die Armee aufgenommen worden und dem Koch einer Einheit zugeteilt, wo er sich sehr rasch Grundkenntnisse in der Zubereitung von Speisen erworben hätte, was er seiner natürlichen Intelligenz verdankte. Doch wäre eben mit des Geschickes Mächten kein ewiger Bund zu flechten, wie Schiller schon sagte. Eines Tages hätten die verdammten Deutschen sein Heimatland Polen überfallen. Nun wäre es so gewesen, dass sich Polen deutscher Abstimmung vor den schrecklichen Verfolgungen der Nazis hätten retten können, wenn sie sich mit einem Nachweis als Hilfswillige in der deutschen Wehrmacht gemeldet hätten. Er machte sich also auf in das Dorf, in dem er geboren war, denn er hatte den ersten Liebhaber seiner Mutter oft genug Deutsch reden hören, und seine Mutter hatte ebenso geantwortet. In der Tat stellte sich heraus, dass sein verschwundener Vater ein deutscher Geschäftsmann mit dem schönen Namen Herrmann Schulz gewesen war.

Gerhard schob sich den Rest der Mahlzeit mit der Gabel in den Mund, schüttete ein Glas Apfelwein dazu, schluckte alles hinunter, wischte sich den Mund mit dem Handrücken ab, seufzte tief, schloss die braunen Augen, faltete die Hände über dem Bauch und lehnte sich zurück. Als Sohn des Herrn

Schulz, fuhr er fort, wäre er mit Handkuss in der Wehrmacht willkommen geheißen worden. Seine Grundausbildung in Polen wäre anerkannt worden, und das Schicksal hätte ihn rasch nach Kassel verschlagen, in das bekannte Hauptquartier auf der Wilhelmshöhe. Dort hätte ein Offizier ihn mit einem Leiterwagen ausgestattet sowie einer braunen Stute namens Liese und dem Auftrag, täglich in die Stadt zu fahren, um frische Lebensmittel zu holen, und diese in die Unterkunft des Generalstabs zu schaffen. Was wäre das für eine schöne Zeit gewesen, seufzte der Dicke, mit der Liese durch die Straßen, Mädchen in den Fenstern und vor ihm auf der Straße freundliche Menschen, Parteigenossen, Lachen, Trinken, und an den Abenden im Kasino mit den Kameraden feiern, „imma an de Wantlang" sang er plötzlich und laut, wobei er seinen rechten Unterarm in künstlich spitzem Winkel zum Oberarm hielt und rhythmisch dreimal vor und dreimal zurück führte. Den Text hatte er zwar fast vergessen, aber „Mutter" und „Butter" schallte es durch unseren sonst so stillen Speiseraum, bis ich die Hand hob, sie ruhig hielt, und ihm damit Einhalt gebot. Keinen Hunger hätte er mehr gelitten, keine Erniedrigung geduldet, schluchzte er, während er sich Apfelwein nachschenkte, die besten Jahre seines Lebens. Aber dann, und er knallte das Glas auf den Tisch, dann hätten sie ihn geholt, die „Hundschweine", ihn in ein kämpfendes Bataillon gesteckt, auf einem Lastwagen ins schon geschlagene Italien gekarrt, in dieses Land der Makkaroni und der Mafia. Auf diese Weise wäre er eben am Fuße des Berges von Monte Cassino gelandet, wenige Tage vor der historischen Schlacht. Mit einer munteren Truppe hätte er einige gemütliche Stunden im Schützengraben verbracht, vor allem Karten gespielt, viel Geld verloren, Cognac aus Armeebeständen getrunken und Erbsensuppe gegessen. Danach hätten sie einen kleinen Wettbewerb gehabt, wer am kräftigsten furzen könnte. Gerhard schaute hastig auf, als hätte er sich in seinem Eifer verplappert. Er wechselte auch umgehend das Thema und berichtete von der Nacht, in der sein Leben eine völlig neue Richtung nehmen sollte. In den ersten Stunden des neuen Tages hätte es begonnen mit „mächtige Kattun", also schwerem Geschützfeuer von der anderen Seite des Hügels, auf der sich die Engländer eingegraben hatten. Es hätte nur so gerummst und gekracht, dunkle Erde wäre meterhoch durch die Nacht geschleudert worden, mitten im Grollen der anfliegenden Granaten und dem unerhörten Lärm der Explosionen hätten Angstgebrüll und Todesschreie die pechschwarze Luft erfüllt. Später hätte er dann merkwürdige Sachen fliegen sehen, nicht gewusst, was das wäre, bis eines dieser Dinger genau vor seinen Händen gelandet wäre, ein menschlicher Unterschenkel, der noch in einem Teil der Uniformhose steckte mit einem unversehrten Stiefel. Er schwieg einen langen Augenblick, spitzte die dicken Lippen zu einer Art fleischiger Trompete. Ich blickte ihn an. Er hatte Tränen in den Augen, dick kullerten sie über seine feisten Wangen. Ich schenkte ihm ein, er hob das Glas und trank es aus, in einem tiefen Zug. Da hätte er plötzlich eine göttliche Eingebung gehabt, rief er, gestikulierte mit Armen und Händen und dem Glas, das er umklammert hielt, bis ich erneut nachschenkte. Er wäre aus seinem Graben gekrochen in dem fahlgrellen Licht der Geschütze, wäre bis zum Fuße des Berges zunächst gekrochen, dann gerannt, hätte in einer Stunde oder etwas mehr die Erhebung halb umrundet, seine Uniformjacke fortgeworfen und seinen Stahlhelm, hätte die erste Reihe der Engländer erreicht und wäre auf Polnisch angerufen worden. Zunächst hatte er an ein Missverständnis geglaubt, dann an ein Wunder, bis er geantwortet hätte und ein Mann in englischer Uniform ihn wieder auf Polnisch angeschnauzt hätte, er sollte gefälligst in Deckung gehen. Er war auf die Armee des General Anders getroffen, dieser kampfkräftigen Einheit von Exilpolen unter englischem Kommando, die wie viele andere Exilgruppen an allen möglichen Fronten im Einsatz gewesen wären. Er hätte sich rasch eine herumliegende Jacke übergestreift, zufällig die Jacke eines Feldwebels, und hätte nicht die Gelegenheit gehabt, seine Tapferkeit zu beweisen. Bevor seine Gruppe noch einen Schuss abgegeben hätte, wäre die Schlacht entschieden gewesen, zugunsten der Alliierten. Auch an diesem schlichten Tisch in unserem Gästezimmer bebte er noch vor Freude und Erleichterung, als er die nächsten Stationen seines Lebens schilderte. In Baden-Baden und Kassel hätte er zu den Siegern gezählt, die, umjubelt vom deutschen Volk, in die Städte eingezogen wären und sie besetzt hätten. Wie es denn überall auf der Welt so Brauch wäre, hätten sich die Gewinner des Krieges mit den deutschen Mädchen vergnügt, oft gegen einige Zigaretten, noch häufiger gegen Nichts. Einen gewissen Gefreiten Brüller hätte er im alten Hauptquartier wiedergetroffen, mit dem er einst eine wirkliche Brüderschaft gepflegt hätte. Die anderen und verwickelten Umstände jedoch hätten ihn dazu gezwungen, Brüller zu verleugnen, der auf seine Hilfe gehofft hatte und nun, ohne Unterstützung, als Kriegsverbrecher hingerichtet worden wäre.

In einer Gruppe von fünf Leuten, Engländer und Polen gemischt, wären sie über Land gefahren, um Essbares einzusammeln. Sie wären auch in eine einsame aber landwirtschaftlich fruchtbare Gegend in der Nähe der alten Stadt Wolfenbüttel gekommen. In einem Ort namens Denkte, das dort am Fuße einer Hügelkette gelegen hätte, wäre er eine Mutter auf einem Feld begegnet, die, selbst noch recht ansehnlich, mit ihren zwei hübschen Töchtern Unkraut in einem Rübenfeld gejätet hätte. Forsch wäre er von der Ladeplattform gesprungen in seiner schmucken, neuen Uniform, und hätte über die Schulter etwas Zotiges seinen Kameraden zugerufen, in der Gewissheit, dass die Frauen die Sprache nicht verstehen könnten. Bass war sein Staunen, als die Frau in fließendem Polnisch antwortete, dass sie aus der Gegend von Graudenz stammte und als Zwangsarbeiterin für einen deutschen Bauern hätte schuften müssen, um nicht zu verhungern. Und, fügte sie mit einem breiten Grinsen hinzu, sie hätte im Dorf durchaus noch andere Dienstleistungen übernommen und zitierte seinen Ruf, in dem er das weibliche Geschlechtsorgan benannt hatte. Ob nun seine lange Enthaltsamkeit, das schamlose Auftreten oder die Schönheit der Mädchen eine Saite in seinem Inneren zum Klingen gebracht hätte, darauf wollte er sich jetzt nicht mehr festlegen. Tatsache aber war, dass er mit der älteren Tochter und einem Kind in deren Bauch mit einem schaukelnden Schiff der Navy nicht lange danach England erreichte und in Barrow in Furness zum allerersten Mal seinen Fuß auf englischen Boden setzte, auf dem er niederkniete, um ihn zu küssen und Gott zu danken, denn seine Kriegsschicksal grenzte wahrlich an ein Wunder.

Er fand Arbeit in einer der großen Tuchwebereien in Lancashire, auch seine Frau verdiente als fleißige Arbeiterin gutes Geld, ein Sohn wurde geboren, das Mitbringsel aus Deutschland, eine Tochter folgte und die Familie kaufte eines der typischen Reihenhäuser an einer steilen Straße, die Golgotha Road hieß. Sie gingen eifrig zur Kirche, besuchten an jedem Sonntag, den der Herr werden ließ, die in polnischer Sprache gehaltene Messe, und der Priester wurde zu einem ständigen Gast in ihrem Haus. Nach einigen Jahren wurde Gerhard zum Präsidenten der polnischen Gemeinde gewählt, ein angesehenes Amt, das er dank seiner angeborenen Geschwätzigkeit trefflich ausfüllte und wegen des hervorragenden Rufes, den er in den Reihen der Exilpolen besaß, als Widerstandskämpfer vor dem Krieg in Polen und während des Krieges in Nazideutschland und später als Soldat in den Reihen der englischen Verbündeten. An jedem Sonntag musste er aus der Bibel lesen, und er tat es mir kräftiger Stimme, wohl akzentuiert, denn im Gegensatz zu seiner Frau konnte er lesen. Die Kinder wuchsen heran. Die Tochter studierte, der Sohn, ein talentierter Zeichner, fand einen Job in einer Tapetenfabrik. Häufig wurden sie besucht in ihrem Haus, das sie mit einer größeren Küche und einem neuen Badezimmer sowie einer modernen Heizung ausgestattet hatten im Laufe der Jahre. Auch sie besuchten gern und oft polnische Familien in der Stadt, luden sich zu Tee und Gebäck ein, aber alles in Reichweite, denn ein Auto hatten sie nicht, oder sie ließen sich fahren. Manchmal zogen der Priester und Gerhard auf Wallfahrt, fuhren am frühen Morgen los und kamen spät abends heim, immer stark angetrunken und meist mit einer Flasche, in der sich heiliges Wasser befand aus dem Brunnen am Wallfahrtsort. Alles ging seinen ruhigen Gang, er gehörte zu den bestbezahlten Arbeitern seufzte der seltsame Gast und blickte mich mit einem wahren Hundeblick an, schwieg, bis ich verstand, in den Nebenraum ging, und eine weitere Flasche Apfelwein öffnete, sie an den Tisch brachte und ihre leere Vorgängerin darunter verschwinden ließ, denn Frau Jasper hatte mich schon missbilligend betrachtet, gebietet doch die Regel des heiligen Benedikt, maßvoll zu Essen und zu trinken. Mit einem tiefen Seufzer setzte Gerhard das Glas an die Lippen, leerte es, hielt es aber weiter in seiner linken Hand, deren kurzer, dicker Zeigefinger auf mich gerichtet war. Ein wenig schaudernd erkannte ich auch einen schwarzen Rand unter dem Fingernagel. Nun aber wären wieder des Geschickes Mächte ins Spiel gekommen. Ein befreundetes Ehepaar, kinderlos aber im Besitz zweier verwöhnter Perserkatzen, hätte sich entschlossen, die alte Heimat der Frau, nämlich

Polen, zu besuchen. Weil Gerhard die deutsche Sprache angeblich beherrschte, zudem Englisch und natürlich Polnisch, sollte er sie begleiten, bräuchte auch für das Benzin nicht aufzukommen, sondern nur für die Dinge, die er selbst benötigte wie Essen und Trinken sowie sein Ticket für die Fähre.

Marischa, der kleine Jack, dessen Vorväter von der schönen Insel Irland stammten, und Gerhard brachen an einem Samstagmorgen auf, als das betuliche Lancaster noch schlief. Von der Golgotha Road fuhren sie mit dem handlichen, schwarzen Morris quer durch die Stadt, am Rathaus vorbei, am Kino, an der Universität, auf die Autobahn, die von Schottland aus Lancashire durchzog und an Preston und Birmingham vorbei nach London führte. Während der Stunden auf der Autobahn trank Marischa aus einer halben Flasche Whisky, nicht ununterbrochen, sondern alle halbe Stunde nahm sie einen tiefen Zug, denn sie konnte Autofahrten nicht ausstehen. Die meiste Zeit über sang Jack Lieder aus seiner irischen Heimat, von der armen Molly Malone über den Wild Rover bis Peggy Gordon und der alten Frau im Wald, die ihr Baby mit einem Taschenmesser in den Kopf gestochen hatte. Gerhard musste zuschauen und zuhören, ob er wollte oder nicht, denn er reiste kostenlos. Sie machten eine ausgiebige Rast in Luton, verließen aus diesem Grunde die Autobahn, aßen an einem asiatischen Imbiss, kehrten zurück und durchquerten Swinging London in der Nacht, sahen mit leisem Schaudern die Feuer im East End, bestaunten in Höhe der Tower Bridge die Hochhäuser der Innenstadt und hatten den Moloch City verlassen, als der Morgen graute. Bis nach Dover zog sich die Fahrt in die Länge. Der arme Jack hatte es schwer, denn als alleiniger Besitzer eines Führerscheins musste er ununterbrochen fahren. Aus diesem Grund wohl wurden die Gesänge erst dünner und höher in der Tonlage, dann

seltener, und endlich blieben sie ganz aus bis auf einige Halb-
sätze im Sprechgesang.

Die Fähre erwies sich als ein mächtiges Schiff, dessen Bauch
nur zu einem Viertel mit Autos besetzt wurde. Sie schlossen
ihren Wagen ab und stiegen die Treppen hinauf in das
Geschoss, in dem sich sowohl die Geschäfte befanden als
auch die erste Bar. Während Marischa umgehend zwischen
den Tresen, Truhen und Auslagen verschwand, setzten sich
die beiden Männer an die ausladende Theke und tranken zwei
oder drei Pints of Boddingtons, Jacks Lieblingsgetränk, denn
der Ausschank in der Universität von Lancaster hielt eben
dieses auf Vorrat, und Jack war dort als Reinigungskraft beschäftigt, was ihm dann und wann Zeit ließ für eine Pause und
ein erfrischendes Getränk. Sie saßen und sprachen über Politik
und Fußballwetten, über den jüngsten Klatsch in der
polnischen Gemeinde, über Bestrebungen, in der nächsten
Präsidentenwahl einen Gegenkandidaten zu Gerhard aufzu-
stellen, denn seine Lesungen schienen manchen Leuten zu
aufgesetzt und künstlich. Darüber erboste sich der Betroffene
und rief klagend nach mehr Bier, das sie rasch tranken, um auf
der Theke Platz zu machen für weitere Runden. Als Marischa
aus den Läden zurückkehrte in die reale Welt, da traf sie Jack
singend an, der den Wild Rover wieder und wieder anstimmte,
während Gerhard die Unterarme auf die Platte gelegt hatte, die
aussah wie Teakholz, den Kopf darauf gebettet, im tiefen und
festen Schlummer sich befand. Sie setzte sich neben ihren
Mann, bestellte eine Miniflasche Schaumwein und einen
doppelten Gin, trank beides in raschen Zügen aus und begann
dann zu keifen, schrill und laut und nicht endenwollend, bis
der Bartender abkassierte und alle Drei hinauswarf. Sie gingen
an Deck und Jack schmunzelte, denn in der Aufregung hatte
das Personal an der Bar fast ein Drittel der Getränke nicht

angerechnet. In Ostende schifften sie aus, und Jack benahm sich so frisch und fröhlich, als wären sie just aufgebrochen. Er sang und scherzte, denn in Wahrheit war er immer noch schwer betrunken. Sie durchquerten Belgien und kamen schließlich an die Grenze nach Deutschland. Jack war unterwegs fast mit einem Ruck abgeschlafft, blickte mit blutunterlaufenen Augen aus einem leichenblassen Gesicht. Als ein Grenzbeamter auf deutscher Seite Jack bat, das Fenster hinunterzukurbeln, weil er die Pässe sehen wollte, seine Kollegin um den Wagen herum ging, sich alle Seiten anschaute, das war es Gerhard, der begann, laut auf die Nazis zu schimpfen, diese uniformierten Schweine, und Jack stimmte mit seiner hohen, melodiösen Stimme ein, während Marischa schrie, weinte und zeterte, sodass der Beamte sich angewidert abwandte, seiner Kollegin ein Zeichen gab, die Schranke öffnete und den Wagen durchwinkte.

Der kleine, dicke Gast sah mich verschmitzt an, zog mit der Kuppe seines rechten Zeigefingers ein Augenlid hinunter, bedeutete mir damit wohl, dass sie schlau und gewieft gehandelt hätten, denn, erklärte er, der ganze Kofferraum wäre voll zollpflichtiger Schnapsflaschen, Kleidung und Zigaretten gewesen. Ihre nächste Station wäre das Dorf Denkte gewesen, in dem er vor vielen Jahren seine Frau getroffen hatte. Sie wären von der dort gebliebenen Verwandtschaft mit offenen Armen, Würsten, Schweinebraten und Schnaps empfangen worden, vom Bier ganz zu schweigen. Mangels Raum in dem Häuschen hätte er mit der jüngeren Schwester seiner Frau und deren Mann in einem Bett schlafen müssen, und weil der Schwager noch weit in die Nacht hinein mit Marischa und Jack gesoffen und gesungen hätte, wäre die Frau, die er zuvor nur wenige Male in seinem Leben gesehen hätte, einigermaßen beschwipst mit ihm schon mal schlafen gegangen. Und wieder blickte er mich listig an, von unten nach oben, wieder vollführte er jene Geste mit der Fingerkuppe und dem Augenlid. Diesmal allerdings fehlte mir jedes Verständnis. Ich lehnte mich verdrossen und unwirsch zurück und zog meine Kapuze über den Kopf.

Gerhard hatte das sehr wohl bemerkt und beeilte sich, in seiner Erzählung fortzufahren, wie sie die schreckliche, Angst einflößende und gefährliche Grenze zur DDR überquerten, ganz ruhig und bescheiden angesichts der Uniformen, durch die sie sich an die Waffen-SS erinnert gefühlt hätten, wie sie durch Berlin fuhren, in den Osten hinein und weiter über die sogenannte Autobahn, die diesen Namen nicht verdiente, bis zur polnischen Grenze. Sie besuchten Menschen hier und dort, verkauften ihr Mitgebrachtes mit trefflichem Gewinn, hatten ihre Reise bereits ebenso finanziert wie einige Gallonen polnischen Wodkas für den heimischen Markt, hatten sich für die mitgebrachte, modische Kleidung vom Flohmarkt zu Lancaster mal einen Teenager hier und einen dort gekauft, wenn Marischa besoffen war und schlief, den sie hinter einer Mauer im Stehen nahmen oder im Gras einer Wiese, als sie schließlich die Heimat der Marischa erreichten, die alte Hauptstadt Warschau. Dort schlug das Schicksal erbarmungslos zu. Gerhard hatte das Lenkrad übernommen, obwohl er keinen Führerschein besaß und niemals ein Gefährt gelenkt hatte, außer dem Leiterwagen weiland in Kassel mit seiner Liese davor. An einer Kreuzung, die wie ein T gestaltet war, kam eine Straßenbahn von rechts und wollte in die Längsachse einbiegen, auf der Gerhard in Richtung Querstrich fuhr. In der äußeren, rechten Ecke des T befand sich eine Gruppe junger Mädchen, von denen eines, das über die Straße laufen wollte, von der Straßenbahn erfasst und gegen Jacks Auto geschleudert wurde. Der Wagen, nun völlig außer Kontrolle, wäre mit dem Anhänger der Tram mehrfach kollidiert, der Motorblock mit der Fronthaube wäre unter irrem Gekreische über die Schienen geschoben worden, das Blech zu einem guten Teil unter den Eisenrädern zermalmt, sodass Gerhard die Wand der gelbroten Bahn zum Greifen vor sich gehabt hätte, direkt vor seinen Füßen. Aus vielerlei Gründen hätte er die gesamte Lage nicht in notwendiger Weise überblickt und somit nicht angemessen reagiert. Sicher wäre er noch mächtig betrunken gewesen, gestand er kleinlaut ein, indem er mich schräg von unten anblickte, die Situation wäre aber auch von einer Sekunde auf die andere aus dem Nichts entstanden, das Mädchen hätte unbedacht gehandelt, die Straßenbahn wäre mit voller Geschwindigkeit um die Kurve gefahren und, nicht zuletzt, wären englische Autos bekanntlich mit den Lenkrädern auf der rechten Seite ausgestattet, wodurch er kaum eine Gefahr hätte ahnen, geschweige denn sehen können. Wieder blickte er mich an, als erheischte er Zustimmung, aber ich schwieg, starrte zurück, ahnte Schlimmes, das noch folgen sollte. Gerhard stocherte zunächst umständlich in seiner Mundhöhle herum, zog ein Stückchen Lyoner heraus, betrachtete es eine Weile, schleuderte es auf die Erde und fuhr dann fort. Das Mädchen wäre zerquetscht worden, hätte keine Chance gehabt. Marischa, besoffen wie immer, wäre mit dem Gesicht gegen die Frontscheibe geknallt. Der Kopf wäre zurückgefallen, das Gesicht aber an der Scheibe geblieben, was selbst für ihn, den Kriegsveteranen und Widerstandskämpfer, ein schrecklicher Anblick gewesen wäre. Jack auf dem Rücksitz schließlich hätte in einem hohen Countertenor geschrien und gewimmert. Als er sich ganz kurz nach ihm umgeblickt hätte, wäre anstelle seines rechten Beines ein abgeknickter Stumpf in der aufgerissenen Hose zu sehen gewesen, aus dem mächtig Blut gepumpt hätte.

Nun müsste ich, erklärte Gerhard, indem er mit den Armen und Händen wild gestikulierte, erkennen und verstehen, dass dieser schreckliche Unfall sich in einer Diktatur ereignet hätte, in der Menschen wegen weit weniger Schuld bereits geviertelt worden wären, in der Söhne ihre Mütter verrieten, wenn sie dafür Geld bekämen, in der jener finstere General mit der Sonnenbrille Gewerkschafter und polnische Nationalisten verhaften und foltern ließe. Also wären seine weiteren Handlungen verständlich, nachvollziehbar und folgerichtig gewesen, rief er, schlug mit der flachen Hand auf den Tisch, greinte plötzlich wie ein Kind, das einer Situation überdrüssig ist, bis ich ihm den Rest Apfelwein einschenkte und abwartete. Er setzte das Glas an, leerte es und fuhr fort. Die Fahrertür wäre durch die zwei oder drei Karambolagen von selbst aufgesprungen. Also hätte er das Fahrzeug in höchster Eile verlassen, bevor noch ein Helfer oder gar ein Polizist zur Stelle gewesen wäre, hätte sich, trotz seiner Beleibtheit, mit wirbelnden Füßen und fliegenden Beinen in Richtung Innenstadt begeben, hätte das Glück gehabt, umgehend in einem Park unterzutauchen, sich hinter einem Busch verstecken zu können, bis die Dämmerung hereingebrochen wäre, ohne, dass jemand groß auf ihn aufmerksam geworden wäre, denn Spinner, die ungepflegt und zerrissen aussahen, die pennten oder rannten, hätte es auch in Warschau reichlich gegeben. Als die Nacht über der großen Stadt hereingebrochen war, wäre er vorsichtig wie ein Tier auf der Flucht aus seinem Gebüsch gekrochen, hätte seinen weiteren Weg mit allen Sinnen abgesichert, wäre Polizeistreifen, Bettlern und rechtsradikalen Jugendlichen immer wieder ausgewichen, bis er den riesigen Hauptbahnhof erreichte. Und dort, Gerald breitete die Arme aus als wollte er die Welt umarmen, dort hätte ihn sein sprichwörtliches Glück wieder eingeholt. Auf dem zweiten Bahnsteig hätte ein riesig langer, schmucker Zug gestanden,

Rot und Silber, glänzend im Schein der Lampen, bestimmt, nach Ostende in Belgien zu fahren, mit Aufenthalt in der schönen Stadt Köln. Da dieser Zug erst in einigen Stunden eingesetzt werden sollte, hätte er ihn fast leer vorgefunden, hätte sich auf die Sitze eines Abteils erster Klasse gelegt, sich zusammengerollt wie ein Hund und erst einmal geschlafen, weil er wieder zu Kräften kommen wollte. Denn er wusste zu diesem Zeitpunkt genau, dass er längst noch nicht an irgendeinem Ziel angekommen war, dass er noch eine harte Zeit durchzustehen hatte, bis er sein müdes Haupt endgültig würde betten können. Das Abteil blieb leer, auch, als der Zug ruckelnd anfuhr und er erwachte. Er bemühte sich, ganz schnell zur Besinnung zu kommen, sich zu orientieren, schlug sich mit der flachen Hand gegen die Wange, fuhr zusammen, weil Marischas zerstörtes Gesicht vor ihm auftauchte, und er sann darüber nach, wie er die Reise ohne Fahrkarte und Pass überstehen, vor allem die beiden schwer bewachten Grenzen überqueren konnte. Zunächst aber drückte ihn mächtiger Harnzwang, denn vor dem Unfall hatte er Unmengen an Wein und Wodka zu sich genommen. Er taumelte also hinaus, durch die metallene Schiebetür des Abteils, auf den mit rotem Bastteppich ausgestatteten Gang. Jenseits der spiegelnden Scheibe rasten Lichter und Schatten durch die Dunkelheit. Er tastete sich mit schmerzenden Gliedern voran, sich immer wieder an den Wänden abstützend, die von links und rechts mit den Schwankungen des Zuges auf ihn einzudrängen schienen, fand schließlich die ersehnte Tür, schob sie auf und war in der Toilette des Wagens. Schwer atmend ließ er sich auf dem klebrigen, schwarzen Holzrand des Keramiksitzes nieder, saß da, schnaufte und atmete schwer, stand dann auf, zog die Hose herunter, erleichterte sich vorn und hinten unter tiefem, dankbaren Seufzen. Er senkte den Kopf auf die Brust, dachte nach, verfiel in Schwermut, die Tränen kullerten über seine

Wangen, und in tiefer Betrübnis, auch weil es ihm an Alkohol gebrach, schlief er ein, tief und fest schlummerte er, merkte nicht, dass sein Oberkörper mit den Bewegungen des Zuges hin und her schwankte, dass er bei jedem Stopp Gefahr lief, von der Brille zu rutschen, flüchtete sich in die Bewusstlosigkeit, weil er seine unübersichtlichen Schwierigkeiten nicht wahrhaben wollte, nicht mehr denken, zweifeln, wünschen, fordern wollte. Mit leiser Stimme hatte Gerhard diesen Moment geschildert, als das Sein sich auflöste in einer unbegreiflichen Schicht außerhalb der alltäglichen und gewohnten Existenz, als der urzeitliche, instinktgesteuerte Selbstschutz einsprang, ihm die Entscheidungen abnahm und die Verantwortlichkeit für sein Tun und Lassen. Er erwachte viele Stunden später, als jemand donnernd gegen die Tür bollerte. Vom Sitz war er gerutscht, schräg und irgendwie zwischen der Keramik und der bepissten Wand zum Liegen gekommen, und auch jetzt dachte er überhaupt nicht, sondern sprang auf, entriegelte die Tür und riss sie nach innen auf, in seine Richtung, stand halb benommen davor, Angesicht zu Angesicht mit einem bulligen Mann in dunkelblauer Uniform. Sein Herz schien stillzustehen, sein Atem stockte, dann blickte er genau hin, und seine Verzweiflung wandelte sich in Freude. Der Uniformierte war ein westdeutscher Bahnbeamter. Was ihn auch immer von diesem Moment an erwarten mochte, die Todesstrafe strich er gänzlich erleichtert von der Liste der Möglichkeiten, und er wurde fast fröhlich, als ihn der Mann auf Deutsch nach seiner Fahrkarte fragte. Die hätte er nicht, entgegnete er leichthin auf Englisch und folgte dem Beamten, der sehr wohl verstanden hatte und ihn einige Gänge entlang führte bis zu einem Abteil, das für Schaffner reserviert war. Dort musste er sich setzen, erhielt aber eine Tasse Kaffee und, nach geraumer Zeit der Rücksprachen des genervten Zugbegleiters über ein großes, schwarzes Telefon, die Auskunft, dass er im nächsten Bahnhof den Zug verlassen müsste, jede Diskussion erübrigte sich. Seine Personalien gab er freiwillig und freudig an, verzichtete auf jegliche Nazi-Pöbelei, der nächste Halt war Köln Hauptbahnhof. Als der Zug dort zum Stehen gekommen war, fragte ihn der große Beamte nach seinem Gepäck und staunte nicht schlecht, als Gerhard die Handflächen nach oben drehte und voller Unschuld grinste und feixte. Schließlich stand der Flüchtige auf dem Bahnsteig, zögerte aber nur kurz, schritt hinüber zu dem Aushang mit den Abfahrten und Ankünften, suchte nach einem Zug, der ihn in seine Heimat bringen könnte, fand nichts dergleichen, was noch an diesem Tag ginge.

In einem großen Papierkorb aus Draht, in dem er kurz nach Essbarem geschaut hatte, fand er das besagte Paket mit der Aufschrift, die nicht polnisch war, wie er erklärte, sondern tschechisch. In dem Päckchen befanden sich ein Stück vergammelter Käse, den er wegwarf, eine brauchbare Tabakpfeife, eine Schachtel Zigaretten, lose verpackter Tabak und eine Viertelflasche Wodka. Er fand einen passenden Bindfaden, verschnürte seine Habe und fertigte noch eine Schlinge, an der er alles tragen konnte. Eine Weile irrte er herum, unschlüssig, ob er betteln sollte, denn er hungerte stark. Um wenigstens den Geistern des Entzuges gewachsen zu sein, entschloss er sich, das Päckchen noch einmal zu öffnen, das er eigentlich als Mitbringsel gegen ein Bett oder eine Mahlzeit tauschen wollte, wenn er jemals irgendwo ankommen sein würde. Er trank mit einem hastigen Zug die nur wenig angebrochene Flasche leer und fühlte sich um Jahre jünger. Dann sah er einen Mönch, der in einer Zeitung las, und es fiel ihm der Name eines Klosters ein, das sich ganz in der Nähe befinden musste. In diesem Augenblick rollte ein Zug heran, auf demselben Bahnsteig, auf der anderen Seite. Als der zum

Stehen gekommen war, sich die Türen öffneten, stieg er rasch ein, ging den ersten Gang hinunter bis zur Toilette, trat ein, schloss die Tür hinter sich und wartete, bis eine gute Stunde verstrichen war, betete und bangte, erging sich in der Anrufung des Herrn „de profundis" und mit „mea culpa", denn als Präsident seiner Gemeinde kannte er auch einen guten Teil der lateinischen Liturgie. Frisch, fast erholt, trat er auf den Gang hinaus und wartete, bis der nächste Bahnhof erreicht war. Er stieg unbehelligt aus, sprach auf dem Bahnhofsvorplatz einen Mann an, der einen Lieferwagen lenkte und ihn mitnahm bis zur Pforte der Abtei, in der er sich jetzt befand. Gerhard schwieg einen Augenblick, lenkte seinen Blick in die Ferne, faltete die Hände und dankte Gott mit lauten Worten in seinem gebrochenen Deutsch, dass dieser Pater, der mit ihm am Tisch säße, sich seiner voll und ganz angenommen hätte, ganz im Sinne christlicher und klösterlicher Gastfreundschaft. Mir schwoll bei diesen Worten langsam der Kamm, denn ich hatte keine Wahl gehabt und begann jetzt, darüber nachzudenken, ob dieser Mensch der weltlichen Gerichtsbarkeit überstellt werden müsste, wie viel ich vor Gott, vor dem Abt und vor mir überhaupt verantworten könnte, welche Gerechtigkeit mein Tun lenken sollte. Da hob er das Paket am Bindfaden hoch, legte es auf den Tisch, schaute mich von unten an und schob es zu mir herüber. Nun durfte ich keinen persönlichen Besitz haben oder Geschenke annehmen, auch hatte ich in meinem Leben nie geraucht, aber die fast schüchterne Geste rührte mich, übereignete er mir doch alles, was er auf Erden noch besaß, und es fiel mir ein, dass ich nicht nur Mönch, sondern auch geweihter Priester bin. Ich gebot dem Gast, endlich den Mund zu halten, sprach die Formeln der Beichte, erteilte ihm, der die Hände aneinandergelegt, die Augen erhoben und den Mund in blöder Weise geöffnet hatte, die Absolution und stellte mich damit unter den Schirm der Schweigepflicht. Von jenem Tag an war Gerhard in jeder Messe derjenige, der am lautesten sang, der am eifrigsten betete oder schluchzte, ganz nach dem jeweiligen Motto. Er half in der Tischlerei als Handlanger, unterstützte den Bruder Gärtner beim Apfelbaumschneiden und verrichtete der Hilfstätigkeiten etliche mehr, stets willig, geschickt und anstellig, ohne sich das Geringste zuschulden kommen zu lassen, zum wirklichen Nutzen unserer Gemeinschaft. Er bezog eine feste Kammer im Gästetrakt, speiste im Gästesaal, aß recht bescheiden, wenn auch nicht immer manierlich, und nur der enorme Konsum an Apfelwein war auffällig.

Die schwarze Johanna

Der Gast hatte gebannt zugehört und war zum Ende der Geschichte hin immer unruhiger geworden, in einer Weise aufgeregt, die für ihn ganz und gar ungewöhnlich war. Als ich fertig war, kam seine erste Frage ohne Zögern. Ob denn dieser seltsame Mensch, der ganz offenbar eine schlimme Schuld auf sich geladen hatte, wenn nicht gleich derer viele, sich noch in den Mauern des Klosters vor der Justiz verberge, wollte er wissen. Er hat eine merkwürdige Art, eine Sache auf den Punkt zuzuspitzen. Wieder einmal war ich betroffen und verbarg meine Verlegenheit in meiner Kapuze, die ich über die Stirn gezogen hatte. Denn ihm gegenüber hatte ich, nur um eine spannende Geschichte zu erzählen, um mit ihm mithalten zu können, das Beichtgeheimnis verletzt, was Buße, Schmach und Schande über mich bringen musste. Er erkannte sofort, dass er mich in meinem Mark getroffen hatte, fasste nach meinem Arm und ich ließ es geschehen, dass er ihn sanft streichelte, um mich ob meiner Einfalt zu trösten. Und wieder traf er genau die richtige Note in diesem schwierigen Gesang von Rede und Gegenrede, von verborgener Eitelkeit, die an die Oberfläche geschwemmt wurde, von Wettbewerb in der Rhetorik, von Zuneigung und Abwendung, als er sagte, ich sollte ihn als Teil des Beichtgelöbnisses sehen, als jemanden, dessen Mund in Brüderschaft für immer schweigen würde, was jenen seltsamen Besucher betraf. Ich sollte ihn nur aus seiner Spannung erlösen, im einfach mitteilen, ob er noch da wäre, denn er selbst hätte ihn noch nicht zu Gesicht bekommen. Ich fühlte mich so erleichtert, dass ich den Gast hätte umarmen mögen, wenn sich dies nach unseren Regeln geschickt hätte. Also teilte ich ihm noch mit, dass Gerhard sich nach einiger Zeit um ein Noviziat beworben hätte. Aber Abt und Prior wären, nach der gehörigen Zeit des Nachdenkens, zu dem Schluss gekommen, dass der Kandidat den hohen Ansprüchen des Mönchseins, dem steten Suchens nach dem Weg zur Seligkeit nach der Richtschnur des heiligen Benedikt, nicht gewachsen sein würde, dass er kaum auf alle weltlichen Eitelkeiten verzichten könnte, um nichts anzustreben als die Geborgenheit in Gott. Als ich dem Flüchtling diese Entscheidung mitteilte, was meine Aufgabe war, warf er sich auf den Boden, trommelte mit den Fäusten auf den harten Stein, schrie und weinte und bat schließlich darum, die Klausur aufsuchen zu dürfen, um sich zu läutern und den Gesetzen nähern zu dürfen. Das wurde ihm gestattet, dort säße er immer noch, erzählte ich dem Gast fast beiläufig. Der schien auch zufrieden, atmete tief, dachte kurz nach, stupste mit seinem Finger in meine Seite, was ich bewusst noch nie erlebt hatte und auf das Höchste missbilligte. Er wollte mir zum Dank für meine Ausführungen eine Geschichte erzählen, die sich wirklich und wahrhaftig zugetragen hätte, vor langer Zeit und schriftlich wie mündlich unanfechtbar überliefert.

In der Zeit, in der unsere Kirche sich aufzurichten begann wie ein Säugling auf unsicheren Beinen, langsam erst, um schließlich später mit Kraft und Nachdruck fest zu stehen, gestützt vom Wohlwollen weltlicher Macht, in der ersten Zeit des großen Konstantin also, bevor der noch mit seinem wachsenden und wuselnden Hofstaat aus Schergen und wohlgeborener Speichelleckern das unermessliche Römische Reich völlig unter der eisernen Knute hatte, da gab es in einem kleinen Ort in der Nähe der Hauptstadt eine Frau von unvergleichlichem Reiz. Manche Chronisten nennen sie Magdalena, andere Anna, die meisten jedoch sprechen von Johanna, einer glutäugigen Schönheit, wie sie im ganzen Reich ihresgleichen suchte. Seit mehr als zwei Jahrhunderten waren die christlichen Gemeinschaften auf Gleichheit gegründet, kannten kein Ansehen der Geburt, des Besitzes oder eines Standes, wurden getragen und gehalten durch die Ideale Brüderlichkeit und Leidenschaft im gemeinsamen Glauben an den einen Gott in der Verkündigung Jesu Christi. Die Ältesten in den Zusammenschlüssen achteten darauf, dass Zucht und Sittlichkeit eingehalten wurden. Es waren dies die Presbyter. Strafen wegen besonders schwerer Verstöße verhängten die Episkopen, die auch als Lehrer wirkten, wenn das gewünscht wurde und erforderlich war, die Vorgänger der späteren Bischöfe. Als Helfer in der Krankenpflege und der Sorge für die Alten und Schwachen waren Diakone und Diakonissen tätig. Zum letzteren Stand gehörte Johanna, die von der Morgendämmerung an bis spät in die Nacht von Tür zu Tür ging, den Sterbenden Mut zusprach, ihre Schmerzen mit Wein und darin gelöster Myrrhe zu lindern versuchte, an Wochenbetten den Müttern, die unter Schmerzen gebaren, die Hände hielt, und kleinen Jungen, die sich im Spiel verletzt hatten, Wunden mit Öl auswusch und verband. Sie war bis weit über die Grenzen des Ortes hoch angesehen, obwohl sie die 18 Jahre gerade erst überschritten hatte, denn Johanna verfügte über eine seltene Gabe, beruhigte durch ihre bloße Gegenwart die Unruhigen, ließ die Schlaflosen rasten und linderte Pein ohne Worte und Mittel. Wann immer sie über eine Schwelle trat, einen Wollvorhang zu einer Lehmhütte beiseite zog, schien ein Licht aus dem Nichts zu leuchten in der steten Dämmerung der einfachen Behausungen. Nur sie selbst erkannte ihre eigenen Grenzen, ihre Hilflosigkeit angesichts des Todes und der Krankheit, sah sich oft als schwach und völlig hilflos, wenn alle anderen in der Gemeinde sie als unfehlbar und wundertätig priesen. Dieses Los der besonders Begabten traf sie härter, als ihr jemals ein Mensch anzusehen vermochte. Sie war elternlos, denn der Vater war noch in der Zeit der letzten Christenverfolgungen im Reich als Märtyrer gestorben, war in ein siedendes Bad aus Öl getaucht und schließlich kopfüber gekreuzigt worden. Die Mutter hatte, nachdem sie fast vor Schmerz über den Verlust des Gatten gestorben war, nach Gerechtigkeit gesucht, war zum camerarius des Hofes gereist, dem Kammerverweser, weil dies ein entfernter Verwandter ihrer Familie gewesen war. Der hatte sie sehr freundlich empfangen, einige Gespräche mit ihr geführt, die letzten unter vier Augen bei Wein und Kerzenschein, denn auch Johannas Mutter war eine wunderschöne Frau gewesen. Mit Mohn hatte der Hofbeamte die Frau betäubt, die sich standhaft gegen jeden Gedanken an Untreue gegenüber ihrem toten Mann gewehrt hatte, dann hatte er mit der Wehrlosen die seltsamsten Dinge angestellt. Als sie erwachte, hatte sie nicht lange nachgedacht, ein Schwert aus einer Halterung an der Wand gerissen und es sich in den Leib gestoßen. Erst als ihr Geist sich in einen weißen Tunnel aus Nebel zu flüchten begann, war ihr die Tochter eingefallen, die jetzt allein zurückbleiben musste in der Obhut eines befreundeten Paares, das ihr Mädchen, ihren einzigen Schatz auf der Welt, für die Zeit ihrer Abwesenheit betreuen wollte. Sie hatte noch einmal entsetzlich geschrien, sodass der Eunuch, der herbeeilte, innehielt und sich die Hände krampfhaft gegen die Ohren presste. Dann war sie für immer still geworden, hatte sich in die Hände ihres Heilands begeben, trotz der schweren Schuld des Selbstmordes starb sie in der Gewissheit des ewigen Lebens. Einzige sichtbare Folge des Opfertodes ihrer tugendhaften Mutter war ein beachtlicher Geldsegen, ein kleines Säckchen voll silberner und goldener geprägter Geldstücke, die ihr ein Reiter brachte mit der strengen Botschaft des camerarius, diesen Schatz nur für sich selbst zu verwenden, ihn keinem Menschen anzuvertrauen. Der Bote hatte das kleine, ernsthafte Mädchen am Ortsrand abgefangen, um ihr die Sühnegabe des Hofbeamten zu überreichen. Dort vergrub sie den Schatz in einem verlassenen Fuchsbau einige Hundert Schritt vom Dorfbrunnen entfernt. So wussten ihre Pflegeeltern, zu denen das befreundete Paar geworden war, nichts von der Quelle, aus der es jährlich einen ansehnlichen Betrag als Ausgleich für die notwendigen Aufwendungen für Essen, Trinken, Kleidung und Schule erhielt, wollte es auch gar nicht wissen, denn das Geld konnte nur aus einer gefährlichen Richtung kommen, von den Mächtigen in der Stadt. In ihrem Ort gab es keinen Menschen, der soviel Geld besaß oder auch nur besitzen wollte.

Johanna wuchs heran. Sie besaß eine schnelle Auffassungsgabe und ein überragendes Gedächtnis. Sehr früh las sie die Schriften ihrer Religion in allen verfügbaren Sprachen. Mit diesen Gleichnissen und Bildern wuchs sie auf. Daraus leitete sie ihren Rechtsbegriff, ihr Verständnis von Verfehlungen, Schuld und Sühne ab, von Barmherzigkeit, Brüderlichkeit und der Notwendigkeit, Gutes an ihrem Nächsten zu tun. Weder für das andere Geschlecht noch für ihr eigenes zeigte sie Interesse, weder in den Jahren in denen ihre Spielgefährten sich gegenseitig ihre Dinger zeigten noch später, als die Pärchen in ihrem Alter verliebt aneinandergeschmiegt um die Hütten zogen oder zwischen den Felsen im Gras verschwanden. Johanna war nicht nur das schönste Mädchen der Gemeinde, sondern auch das netteste, mildeste und um Fürsorge bemühteste und zugleich das keuscheste.

Regen war ein seltenes und deshalb kostbares Gut, das in Zisternen aufgefangen und von einem Ältesten verwaltet wurde. Eines Abends im Mai öffnete der Himmel seine Schleusen. Die ganze, stockschwarze Nacht hindurch und den folgenden Tag, den die Sonne kaum erhellte, hielt der schauerliche Guss an. Es war, als stürzte ein Wasserfall ununterbrochen auf das Dorf und die Hügel der Umgebung, als wollte Gott die Menschen strafen, wie er es in der Sintflut getan hatte. Johanna saß auf ihrer Liege, konnte nicht schlafen, flüchtete sich in Gebete und heimliche Beschwörungen, während ihr Pflegevater auf einem Schemel saß und an einer Schleuder schnitzte und seine Frau unruhig unter der Wolldecke der ehelichen Liegestatt strampelte und sich wälzte, stöhnte und wimmerte. Da wurde der bunte Wollvorhang der Eingangspforte zaghaft beiseitegeschoben. Johanna sah es und wollte nicht glauben, dass dies wirklich geschah. Doch sanft und unerbittlich zog jemand daran, bis ein kleiner Junge in der Tür stand, nass wie eine ertrunkene Katze, mit großen Augen und wasserverklebtem Haar. Als Johanna das sah, sprang sie auf, schritt hinüber, zog den Knaben in die Geborgenheit der Hütte und rieb ihn mit einem Tuch trocken. Der Kleine, er mochte vier Jahre zählen oder fünf, begann ohne Warnung, jämmerlich zu weinen und zu schniefen. Was Johanna verstand, das waren einzelne Wörter wie Mutter, Tod, Schmerzen, doch sie konnte sich den Rest rasch zusammenreimen, griff nach dem Bündel mit ihren Arzneien und dem Verbandszeug, deutete auf den Eingang, und die Beiden stürmten los durch den Regen, der den Tag fast zur Nacht machte.

Sie kamen an eine der neuen Hütten, die nicht nur aus Lehm und Zweigen aufgeführt, sondern mit Balken und behauenen Felsbrocken befestigt und gesichert waren. Johanna zog den Jungen hinter sich her. Es gab eine Art Tür, die in ledernen Scharnieren hing und auf der Gegenseite als Schloss einen kräftigen, hölzernen Stab in einer metallenen Öse hatte. In der Behausung brannte eine kaum qualmende Lampe, in der sich also hochwertiges Steinöl befinden musste. Sie beleuchtete ein eheliches Lager, das mit etlichen Fellen und Decken komfortabel ausgestattet war. Auf der Seite zur Tür hin leuchtete das schweißnasse Fiebergesicht einer jungen Frau im leise flackernden Licht. Zu ihren Füßen saß ein großer, schöner junger Mann, hatte die Augen mit den Händen bedeckt, als sie eintraten. Sein langes Haar, das ihm bis auf die Brust hing, war honigfarben und mit gelben Strähnen durchzogen, wie Johanna es noch nie in ihrem Leben gesehen hatte. Er hob das Gesicht, blickte Johanna an, streckte die Hand nach dem Knaben aus, und mit der Diakonisse geschah etwas Unerhörtes. Sie spürte, dass ihr das Blut ins Gesicht schoss, und war dankbar für die Dunkelheit, die dieses verbarg. Ihr Herz hatte von einem Augenblick auf den anderen zu rasen begonnen, ihr Atem ging schnell und flach und in ihrem Bauch toste ein Schwarm von Hornissen. Sie wagte es nicht, den Mann direkt anzuschauen, ging auf das Lager zu, griff nach der Hand der jungen Frau und fühlte nach ihrem Puls. Dann legte sie die Innenfläche ihrer Hand auf die Stirn der Kranken, horchte sorgfältig auf deren rasselnden Atem, öffnete die Schnur über dem festen, weißen Busen und legte das Ohr auf die Brust. Die Frau war zusehends ruhiger geworden, entspannte sich, schluckte den Aufguss von Mohn und Honig willig, den Johanna ihr reichte, und war kurz darauf eingeschlafen. Der Mann war aufgestanden, hatte sich neben Johanna gestellt, wollte zufassen, helfen, wusste nicht wie und blieb mit herunterhängenden Armen hilflos und regungslos stehen, um zumindest die Handlungen der Diakonisse nicht zu stören. Als Johanna die Frau in festem, ruhigen Schlaf wusste, nahm sie den kleinen Jungen beiseite, zog ihm den völlig durchweichten Leinenkittel aus, rieb und rubbelte ihn am ganzen Körper trocken und warm und gebot ihm, sich unter eine Decke zu legen. Der blonde Mann kam auf sie zu, und sie erschrak heftig, wusste nicht warum, denn schreckhaft war sie nie zuvor gewesen. Sie wich zurück, was den Mann irritierte, der wohl annahm, dass sie ihn abstoßend fand. Schließlich fasste er sie an den Schultern, dankte ihr und küsste sie herzhaft auf die linke und dann auf die rechte Wange, wie es unter den Brüdern und Schwestern der Christengemeinde Brauch war. Sie spürte, wie sie in unmittelbarer Nähe des männlichen Körpers erstarrte und verzagte, und wieder wunderte er sich, dass er derart befremdliche Gefühle auszulösen imstande war. Als sie die Hüttentür öffnete, hatte sie sich auf noch mehr Regen eingestellt. Aber zu ihrem Staunen war der Himmel aufgerissen, die Sonne schien heiß und hell zwischen den Wolken, und die Erde dampfte. Sie lief hastig nach Hause, obwohl sie eigentlich keine Eile hatte, legte sich auf ihr Lager, rollte sich ein und weinte still. Ihr Stiefvater blickte verwundert von seiner Schleuder auf, zuckte die Achseln, murmelte etwas von Weiberlaune, während seine Frau schwieg und sehr ernst und nachdenklich hinübersah zu dem Mädchen, das offensichtlich litt.

Einige Tage blieb Johanna in der Hütte, gab vor, mit Aufräumen und Kochen beschäftigt zu sein, wusste aber genau, dass sie ihren eigentlichen Verpflichtungen nicht in angemessener Weise nachkam. Am dritten Tag kamen der blonde Mann und sein Sohn und brachten ein geschlachtetes Zicklein. Sie wollten sich bei Johanna bedanken. Die ansonsten so selbstsichere Diakonisse stand verlegen wie ein kleines Mädchen vor der Hüttentür, drehte und wand sich, lächelte dümmlich und war um jedes Wort verlegen. An jenem Abend ging sie hinaus zum Brunnen, in dessen Nähe ihr Schatz vergraben war, kniete vor einem kleinen, dürren Olivenbaum, legte die Hände aneinander und betete, wie sie noch nie gebetet hatte, aus der Tiefe ihrer Seele rief sie den gekreuzigten Herrn an, er möge ihr einen Weg weisen, ihre Qualen lindern und ihr wieder das heitere und ausgeglichene Gemüt schenken, mit dem sie von Geburt an gesegnet gewesen war. Sie schloss die Augen, ließ den Kopf auf die Brust sinken und wartete in Demut auf eine Antwort. Da war ihr, als hörte sie eine sanfte Stimme, die ihr befahl, zu der Hütte des blonden Mannes zu gehen und sich anstellig zu zeigen, mutig in ihren Taten und weise in ihren Gedanken. Sie nahm ein Goldstück aus dem Versteck, verbarg es in der kleinen Innentasche ihres Kittels, strich sich das schwarze Haar glatt und machte sich auf den Weg. Ein gutes Stück vor dem Heim des Blonden saßen seine genesene Frau und der Junge auf der Erde und spielten ein Würfelspiel mit Schafsknochen. Sie grüßte leichthin, eilte weiter, öffnete die Tür und sah ihn, wie er sich über die Feuerstelle bückte und in der verbliebenen Glut stocherte. Über die Schulter blickte er sie an, drehte sich dann verwundert um, weil sie ihren Kittel hob, sich auf die Lagerstatt setzte und dann auf den Rücken legte, die Beine angewinkelt und gespreizt, das Haar um ihren Kopf und die Schultern, den Kittel über ihre Brüste heraufgezogen. Er blickte rasch durch den Spalt, um den die Tür offengeblieben war, schritt dann zum Lager, legte sich auf sie und vollzog mit Kraft und Geschick, worum sie offensichtlich gebettelt hatte.

Als er sich von ihr gelöst hatte, blieb sie einen kurzen Moment liegen, enttäuscht und unzufrieden, mit einem bitteren Geschmack im Mund. Sie verstand nicht, warum aus dieser bedingungslosen Hingabe kein Glück entstanden war, wie es verliebte Paare in der Gemeinde immer wieder zeigten. Auch der Akt an sich hatte ihr nichts weiter eingebracht als beachtliche Schmerzen im Unterleib. Als sie hinabblickte an sich, sah sie ein dünnes Rinnsaal eigenen Blutes. Da war es mit ihrer Beherrschung vorbei. Sie sprang auf, ordnete ihren Kittel, warf dem verdutzten Mann das Goldstück zu und eilte davon. Sie blieb bei der Frau kurz stehen, um sich nach ihrem Befinden zu erkundigen, lächelte glücklich, als sie hörte, dass ihre Behandlung gute Früchte getragen hatte, und rannte davon, um die an diesem Tag notwendigen Krankenbesuche zu machen und einige alte Menschen zu füttern und zu reinigen, die eine ganze Weile vergeblich auf sie gewartet hatten.

Johanna hatte ihren Seelenfrieden wiedergefunden. Mit fröhlichem Gesicht und einem Lächeln auf den Lippen ging sie ihrem Tagewerk nach, scherzte und lachte mit ihren Pflegeeltern und erinnerte sich nur vage an ihre wirren Gefühle an jenen Tagen, als sie auf ihrem Lager geweint hatte. Die Pflegemutter war erleichtert und verwöhnte sie mit besonders gutem Essen, der Pflegevater strich ihr mehr als einmal liebevoll über das prächtige, schwarze Haar und die Nachbarn behandelten sie mit Ehrfurcht, Respekt und Zuneigung, wie sie es seit Jahren getan hatten. Der heiße Monat Juli kam ins Land, und die Zahl der Kranken nahm zu wie immer um diese Zeit. Alte Menschen litten unter der drückenden Hitze. Viele von ihnen starben und wurden bis zum Anbruch des nächsten Tages begraben, wie es Brauch war, denn Tote liegen zu lassen bedeutete Pest und Verdammnis. Es war der Abend vor dem sechsten Tag der Woche, als ein Presbyter, einer der Ältesten,

die über Sitte und Ordnung wachten, in die Hütte der Stief-
eltern kam. Er setzte sich umständlich auf das dargebotene
Kissen, nahm eine Feige aus der Hand der Gastgeberin und
lehnte auch den Tee nicht ab, der ihm heiß dargeboten wurde.
Johanna hatte sich auf ihre Liege gesetzt und besserte ein
Schultertuch aus, in das sie an einem Dorn ein Loch gerissen
hatte. Der Presbyter, als weise, gnädig und gut bekannt, drehte
sich langsam zu ihr um und hub an, als fiele es ihm schwer, zu
sprechen. Die Diakonisse Johanna, brachte er zögernd hervor,
hätte sich am folgenden Tag zur Mittagsstunde im Haus des
Episkopen einzufinden. Der Stiefvater sprang auf und
fuchtelte erregt mit seinen Armen. Was man der makellosen
Wohltäterin vorzuwerfen hätte, begehrte er zu wissen. In der
Gemeinde wäre ihr Ruf untadelig, und sie wäre in den Hütten
der Bedürftigen stets willkommen, das könnten alle bezeugen,
die Johanna kennten. Doch der alte Mann schob den Becher
Tee von sich, stützte sich mit einer Hand ab, erhob sich
schwerfällig, verwies noch einmal auf die Vorladung und ging
gebückt hinaus, als hätte er jetzt an mehr als an der Last der
vielen Jahre zu tragen. Als die Sonne am folgenden Tag fast
ihren höchsten Stand erreicht hatte, machten sie sich auf den
Weg, der Pflegevater voran, bekleidet mit einem weißen Tuch.
Dann folgte Johanna, die ihr Haar gebändigt und gebunden
hatte, zu einem Knoten auf ihren Schultern, den ein fein ge-
webtes Tuch halb verdeckte. Dann folgte die gramgebeugte
Stiefmutter, die nicht viel gesagt hatte, die aber sehr wohl
wusste, dass niemand ohne Ursache in das Haus des Episkopen befohlen wurde, und dass ihre Johanna vor einigen
Wochen eine Zeit des eingeschränkten Bewusstseins und der
tiefsten Depression durchlebt hatte, den sich die erfahrene
Frau nur mit dem Begriff Verliebtheit hatte erklären können.

Sie traten ein und sahen sich dem Episkopen Antiochus und zwei Presbytern gegenüber, die an der rückwärtigen Wand saßen und ihr Kommen schweigend beobachteten. Antiochus bedeutete ihnen mit einer festen Geste, an der rechten Seite Platz zu nehmen. Ihnen gegenüber saßen einige angesehene Gemeindemitglieder und neben ihnen, Johanna wurde es kalt und heiß zugleich, der blonde Mann, die Frau, die sie geheilt hatte und der Knabe, der zu ihr als Bote gekommen war. Wessen man sie beschuldigte, wollte ihr Stiefvater wissen, der aufbrauste und sich halb erhoben hatte. Der Episkop hob seine Hand mit Würde, sodass der Mann schwieg und sich setzte. Da nahm der jüngere Presbyter das Wort, der etwa doppelt so alt sein mochte wie Johanna, und der ihr immer mit mehr als brüderlicher Zuneigung begegnet war. In einigen Sätzen umriss er die unschätzbaren Verdienste der Diakonisse, ihr bis dahin reines Wesen, ihre Freundlichkeit. Doch dann, sein Ton verschärfte sich, hätte wohl der Satan seine Hände im Spiel gehabt, der sie aus einem unerfindlichen Grunde zu schamlosen Taten verführt hätte. Die ehrliche Familie, die sich zur Anklage vor dem würdigen Episkop eingefunden hätte, würfe ihr vor, den kleinen Jungen entkleidet und entblößt und ihn in unsittlicher Absicht berührt zu haben. Ferner hätte sie mit Gold um sich geworfen, eine Sünde und eine Schandtat in einer Gemeinschaft von Gläubigen, die sich jedweden Besitz zu teilen hätten. Am schwersten aber wöge das dritte Vergehen, dass sie einen ehrlichen Ehemann und Vater zum Beischlaf verführt und geradezu gezwungen hätte, wohl wissend, dass der Ehebruch in einer Christengemeinde vom Strafmaß mit Totschlag gleichzusetzen wäre. Der Pflegevater wollte aufspringen, aber Johanna und auch seine Frau hielten ihn sanft an den Armen fest. Er schaute sie nacheinander aufmerksam an und schwieg. Johanna erhob sich, kreuzte die Arme vor der Brust, verneigte sich zunächst vor Antiochus, dann vor den Presbytern und schließlich sehr tief vor der Familie. Sie wäre sich ihrer schweren Schuld bewusst, erklärte sie mit fester Stimme, die auch ihre Tränen nicht erstickten, sie beugte sich dem Urteil des Episkopats und nähme jede Sühne auf sich. Alle Menschen, die sich in der geräumigen Hütte versammelt hatten, schwiegen betreten, schauten auf die eigenen Hände, auf den sauberen Sand des Fußbodens, nur die Frau des Blonden blickte hasserfüllt auf die schöne Diakonisse, die sich niedergekniet hatte, die Hände vor dem Gesicht, und weinte. Da erhob sich der weißbärtige Episkop mit aller Würde, die sein Alter zuließ, griff sich in Brusthöhe an das Leinengewand, zerriss es mit einem Ruck und brach in bitteres Schluchzen aus. Für einen langen Augenblick glutete die Sommerhitze im Raum, schwiegen die Brüder und Schwestern, wie auch die Natur zu schweigen schien, denn kein Vogellaut, kein Bellen oder Fauchen, kein Wiehern oder Meckern zerriss die unheilvolle Stille.

Johanna ging voran, ihre kleine Familie folgte, dann die Würdenträger, die Familie der Kläger und schließlich eine ansehnliche Abordnung der Brüder und Schwestern, die von dem Urteil erfahren hatten. Sie kamen zum Dorfbrunnen, und die ehemalige Diakonisse führte sie daran vorbei bis zu einem kleinen Tal am Fuße eines Hügels, in dem ein Dornbusch stand, neben einem verlassenen Fuchsbau. Johanna bückte sich, räumte Gras und Laub beiseite, griff hinein und zog den Beutel heraus, hielt ihn hoch und warf ihn dann in Richtung Gemeinde. Er fiel zu Boden, und im selben Moment flog der erste Stein. Der kleine Junge hatte ihn geworfen. Und er hatte gut gezielt, denn das scharfkantige Geschoss streife die Wange der Verurteilten, riss eine Furche in das schöne Gesicht und Blut strömte, benetzte ihren Kittel, versetzte die Gemeinde in einen Rausch, der anhielt und sich immer noch verstärkte, bis sie vor dem Busch zusammenbrach, vor den sie sich geflüchtet hatte in dem vergeblichen Versuch, mit ihren Händen ihren Kopf zu schützen. Sie starb und wurde von ihren Pflegeeltern davongetragen, um gesalbt und vor dem nächsten Morgengrauen verscharrt zu werden, und als die traurige Last an der Familie des Blonden vorbeikam, wandte er sich um, wollte nicht hinsehen, während seine Frau auf die Leiche spuckte und der Junge es ihr gleichtat.

Sehr wohl und richtig hatte der Gast die frühchristlichen Gegebenheiten beschrieben, als es die heutige Einrichtung Kirche mit Papst, Bischöfen, Priestern und Laien nur erst in Ansätzen gab, als die Gemeinschaft der Gläubigen unter dem Druck des römischen Weltreiches eine Zuflucht in sich war, als Glaube, Liebe, Verzicht auf persönlichen Besitz und Gehorsam gegenüber dem Wohl der Gemeinde so stark verpflichteten, dass Menschen zum Märtyrertod bereit waren. Unter Konstantin begann dann die Christenheit, sich ein festes Gewand zu geben, um die Gläubigen sicherer führen zu können. Auch hörten die Verfolgungen auf, unter denen die Urchristen stark gelitten hatten. In jedem Fall war es müßig, über den möglichen Steinigungstod der Diakonisse zu diskutieren. Das konnte man glauben oder nicht. Die Verstrickung der schönen Johanna, die sich in unschuldig-tragischer Weise in die Schuld begeben hatte, war aber gut herausgearbeitet, was ich unserem Gast mit ernstem Gesicht bestätigte. Doch seinen Hang zur Altertümelei verwarf ich als nicht gerade fruchtbar in einer schweren Gegenwart. Auf seine Aussage, dass die Vergangenheit für ihn als Historiker ein steter Schlüssel zur Gegenwart wäre, führte ich die vielen und seltsamen Aktivitäten auf, die nur dazu beitrugen, dass sich der Mensch aus seiner, möglicherweise schlimmen, Wirklichkeit flüchten konnte. Ganze Marktgefüge gab es mit mittelalterlicher Musik und „Speys vom Spies", Ritterrunden in Schlössern und Brauhäusern, in Trachten verkleidete Vereine und Politiker, als hätten sie nicht genug zu tun in der Zeit, in der sie leben und entscheiden sollten. Was in der Vergangenheit in Schönheit und meisterlicher Kunst geschaffen wurde, das sollte man bewundern, bestaunen und ehren, führte ich aus. Nicht aber dürfte man das Elend und die Not in den frühen Städten dadurch veralbern, dass sich beispielsweise eine Bürgermeisterin als Fürstin verkleidete und in das Unterbewusstsein ihrer Bürger pflanzte, in der Vergangenheit wäre alles lieb und gut und idyllisch gewesen, auch die Waisen des Dreißigjährigen Krieges, die Syphilis geplagten Adligen der absolutistischen Zeit und die unendlich vielen Pestkranken, als wäre der ständige Hunger der Bürger und Bauern nichts anderes gewesen als eine Methode zur gesunden weil bodenständigen und bewussten Ernährung. Der Gast pflichtete mir bei, denn er wusste aus seinem Fach, dass Not, Elend, Armut und Gewalt schrecklich waren in den Jahren vor der Wende zum 18. Jahrhundert. Nur, meinte er, wäre diese Not nicht in der erforderlichen Weise aufgezeichnet worden, denn in aller Regel hätte der, welcher schreiben, also aufzeichnen und damit über die Zeitumstände berichten konnte, keine Not gelitten, von wenigen Ausnahmen abgesehen. Wieder brachte er mich durch ein Paradoxon ins Grübeln. Also zog ich meine Kapuze vom Kopf, setzte mich mit ernster Miene völlig aufrecht, auf der schmucken, hölzernen Bank vor dem Rosengarten, gebot ihm mit einer erhobenen Hand Schweigen und dachte kurz nach, denn ich wollte mich auf das glatteste Eis überhaupt begeben, in die jüngste Vergangenheit, die Zeit der Nazidiktatur, die so viel Schuld geboren hatte, dass sie die Welt mit einem Schwall von Blut für einige Zeit förmlich überschwappte.

Der Stollenschreck

Geboren wurde Erich Bestmann als jüngstes von acht Kindern in der Familie eines Schneiders in Goldap in Ostpreußen. Die Völker Europas waren zu dieser Zeit wieder einmal bemüht, sich gegenseitig zu vernichten, es tobte der Erste Weltkrieg. Deutschland kämpfte an zwei Fronten, und in Frankreich starben zum ersten Mal unzählige Soldaten aus beiden Lagern in Gräben und Bunkern in einem brutalen Stellungskrieg, weil der Feind tonnenweise Geschosse auf die gegnerische Seite abfeuerte, darunter auch solche, die Gas enthielten, und die Armee des deutschen Kaisers durfte sich wohl dieser Erfindung rühmen. Die andere Seite stand nicht nach; Panzer, Luftschiffe und Flugzeuge waren die neuen Transportmittel der Kavallerie. Vorbei war es ein für alle Mal mit den ritterlichen Tugenden der Kämpfer, die sich auf dem Feld der Ehre begegneten und achteten, wenn sie auch ihrer Bestimmung nachkommen mussten, den Gegner auf möglichst vorteilhafte Art um die Ecke zu bringen, denn das hatten sie doch jeweils Kaiser, Volk und Fahne geschworen, auch in den fair genannten Schlachten zuvor. Was später auf den Fußballfeldern zelebriert wurde, der Kampf der Regionen und Nationen gegeneinander, das fand einst irgendwo zwischen den Völkern statt, an künstlichen Linien, die Grenzen genannt wurden. Was in der heutigen Zeit Uwe Seeler, Beckenbauer, Ballack und Rudi Völler darstellten, die in selbst gemachten Liedern in den Stadien gefeiert würden, das waren eben damals Lützow mit seiner wilden, verwegenen Jagd oder Hindenburg, der Retter Ostpreußens, oder der verwegene Jugendliche in seinem gefährlichen Flugzeug, der Baron von Richthofen. Würde in der modernen Zeit in Europa ein gekonnter Fallrückzieher bejubelt, war es einst der tadellose Abschuss eines Feindes an der Front. Deutschland war in der Zeit, in der Erich Bestmann geboren wurde, nicht nur ein Volk, oder ein Land, eine Nation, es war, zumindest im Reich, ein unantastbares Heiligtum, und wer sich nicht in aller Inbrunst davor verneigte, dem Deutschsein jeden Vorrang einräumte, der war eben ein vaterlandsloser Geselle.

Nun war die Welt nicht angetan dazu, nachgeborene Knaben im Haushalt eines Handwerkers zu tätscheln. Zwar hatte der Vater es durch das Schneidern besonderer Uniformen dahin gebracht, dass er seiner Frau Charlotte in der Woche eine Mark als Haushaltsgeld in die Hand drücken konnte, zu deren freier Verfügung, und das reichte in jenen Jahren für Brot, Kartoffeln und Fleisch, aber von Sattheit oder gar Überfluss konnte nicht die Rede sein. Fünf Schwestern waren älter als Erich, wollten ernährt, versorgt und ausgebildet sein, vielleicht sogar in einen gewissen Stand verheiratet, denn, anders als in der heutigen Fußball-Gesellschaft, waren auch die Diener der Helden in der Gesellschaft bevorzugt, konnte ein Soldat im Dienste eines Generals zu Ansehen gelangen. Gottlob, so hörte Erich ein um das andere Mal, war Martin im zarten Alter von zwei Jahren an der Diphterie dahingeschieden, der ältere Bruder, denn zwei Jungen wären schwer großzuziehen gewesen. Wie der Vater, Wilhelm war sein Name, auch während der sonntäglichen Zusammenkünfte am Mittagstisch wieder und wieder salbungsvoll ausführte, wenn er bedächtig und ausdrucksvoll gerülpst und sich satt und zufrieden zu einer Unterhaltung herbeigelassen hatte. Da sprach er vom Juden Milch an der Kreuzung, der Kleidung feilhielt, dem Juden Abraham, nur ein wenig weiter die Straße hinauf, mit seinem Zweiradgeschäft, dem Jude Arnd, der Konkurrent war als Schneider, und schließlich noch der Jude Ringhand mit seinem Kolonialwarenladen. Zu viele wären das, rief Wilhelm, strich sich seinen tabakgelben Kaiser-Wilhelm-Bart, da müsste was

142

geschehen. Das war bereits zehn Jahre nach der Geburt des Knaben Erich, mitten in den wirtschaftlich schwierigen Zeiten. Die Mädels waren in der Lehre, eine in der benachbarten Kleinstadt als hoffnungsvolle Rechtsanwaltsgehilfin, die zweite in der Lebensmittelbranche und das Nesthäkchen, die Martha, hatte gar in eine Familie von Kesselbauern hineingeheiratet, umgab sich mit Plüsch und Pomp und lud ihre Familie fast gar nicht mehr ein.

Dann kam das Los auf Erich, der immer davon geträumt hatte, Feinschmied zu werden. Das wäre indes nichts für diese klobigen Hände und das brutale Gesicht mit der Hakennase, dem schiefen Gesicht und den verschlagenen, dunklen Augen, ostisch zumindest, jüdisch fast, von wem er das wohl hätte, und Charlotte sah lächelnd beiseite. Im Nachbarort Arys gäbe es einen Schlachter, wohl angesehen und gut betucht, Großonkel vonseiten der Mutter, der nähme einen kräftigen Knaben bei freier Unterkunft, und das Lehrgeld wollte Wilhelm schon zahlen, denn soweit hätte es der Jude noch nicht gebracht, dass ein guter Schneider seine Kinder nicht in angemessener Weise aussteuern könnte. Erich bekam fünf Mark in die Hand gedrückt, einen neuen Anzug und einen Kuss von der Mutter auf den Weg. Ein Einspänner mit einem kurzen, einachsigen Wagen nahm in mit auf den sandigen Weg nach Arys, in die aufregende Garnisonsstadt jenseits des Sees. Das mit der Lehre ließ sich zunächst nicht so leicht an, wie er es erwartet hatte. Von Verwandtschaft war nie die Rede. Doch bereits am fünften Tag, nachdem der neue Lehrling einsame Nächte voller Heimweh und Tränen in einem kleinen Raum hinter dem Laden verbracht hatte, umgeben vom schweren Geruch des Rinderblutes, hatte er mit hinaus müssen auf die Weide. Es war kurz nach Ostern. Schafe standen mampfend im Grün der Wiese, Lämmer tobten um sie herum, die Sonne schien warm, die Weiden trugen Kätzchen und der Flieder begann, lila, blaue und weiße Blüten zu treiben. Erich trug das Gepäck des Metzgers, einen groben Leinenbeutel, die bei jeder Bewegung klirrte und klapperte. Der Onkel, Herbert war sein Name, herrschte ihn an, das Bündel zu öffnen. Erich rollte es auf, löste den weißen Faden, der die einfache Tasche zusammenhielt, und griff hinein. Messer jeder Art und Größe waren darin und ein Schleifstock, Sandpapier auf Holz geklebt. Er sollte einen Moment warten, gebot ihm Herbert, stampfte davon in seinen weißen Hosen, dem gestreiften Hemd und der Schürze, schritt hinein in die kleine Herde, griff sich ein Lamm, eines der kleinsten, riss es hoch und drückte es an seine breite Brust, sodass es kläglich strampelte und jammerte, während die Mutter unwillig blökte und klagte. Mit dem Bündel Elend auf dem Arm erreichte der Schlachter den neuen Lehrling und machte eine Bewegung mit dem Kinn. Erich wusste nicht, was das bedeutete. Wieder ruckte das kantige Kinn und der schmale, verkniffene Mund öffnete sich mit der Anweisung, das lange, spitze Messer zu nehmen. Und erneut stand Erich starr, unwissend und ungläubig, bis der Meister ihn anschrie, er sollte doch das Tier abstechen, ins Herz, bevor es noch mehr zu leiden hätte. Erich sah das kleine Tier auf Armlänge vor sich, sah den kleinen, roten Mund und die traurigen, braunen Augen, hörte das klägliche Wimmern, nahm das Messer und stach zu, dorthin, wo der vierschrötige Metzger ihm die Brust des Tieres darbot, stach, empfand eine gewisse Befriedigung, sah das helle Blut sprudeln, leckte seine Lippen und drehte den Schaft des Messers, behutsam erst, dann hin und her, bis ihn der Metzger anherrschte, endlich aufzuhören, das könnte man doch nicht einmal einem Tier antun. Von diesem Moment an hatte er nicht nur die Sehnsucht nach der Familie überwunden, sondern auch Gefallen am Beruf gefunden.

144

Der kleine Erich war das größte Talent, das der gutmütige Meister jemals unter seine Fittiche genommen hatte. Nach wenigen Monaten übernahm er jenen Teil des Berufes, der unter den Kollegen Kopfschlachter genannt wurde und eigentlich wenig Ansehen einbrachte. Welches Tier auch auf den schmuddeligen, engen Hof der Metzgerei geführt wurde, ob böser Stier, lahmendes Pferd, kläglich muhendes Kälbchen oder fettes Schwein: Erich brachte sie alle um. Das war im Sinne und zur Zufriedenheit seines Ausbilders, der nur manchmal Anstoß daran nahm, dass sein Lehrling nicht gnädig mit den Tieren umging, sie nicht so rasch und schmerzfrei wie möglich tötete, was eigentlich ungeschriebenes Gesetz in diesem rauen Handwerk war.

Inzwischen war die junge Republik der Nachkriegsjahre unter freundlichem Trommelwirbel dahingeschieden, hatte einem Regiment der Schreihälse und Hassprediger Platz gemacht, und der Fleischergeselle Erich Bestmann stand immer öfter träumend an der Straße, wenn die braunen Horden durch die Stadt zogen, mit ruhig, festem Schritt, wie sie brüllten, rotgesichtig, Mäuler aufgerissen, egal welcher Text, Hauptsache laut und im Marschschritt. Für den jungen Mann waren sie eine fest zusammengeschweißte Gemeinschaft der Rechtgläubigen, ein Hort der Freundschaft und Kameradschaft, ja der Lebensfreude. Aber er war zu blöde, um herauszufinden, wie er sich dort anschließen könnte. Es bedurfte des Meisters, der die ständigen Tierschreie auf dem Hof, das unnötige Leid und Blut nicht mehr ertragen konnte. Der ging stracks zur richtigen Stelle und kehrte mit den Aufnahmepapieren zurück, für die Partei und die SA. Wenig später schloss Erich Bestmann eine dieser Reihen, so fest er konnte, tat sich hervor als mitleidloser Schläger in der gerechten Sache, als ein Mensch, der mit dem Aussatz der Gesellschaft kein Mitleid kannte und auch niemals danach fragte, was diese oder jene ausgegrenzte Gruppe ausmachte, warum sie das Böse war und er selbst und seine Kameraden unbedingt auf der guten Seite standen. Das erfuhr er manchmal durch die Witze in seiner Einheit über Juden, Homosexuelle, Zigeuner oder Sozialdemokraten, die er sehr ernst nahm und sich zu merken versuchte, als wichtige Argumente. An einem Morgen im Juli kam ein Mann in äußerst schneidiger Uniform in die Baracke, in der er jetzt wohnte, Totenkopf am Revers, Haar kurz an den Seiten, blond. Der war in Begleitung seines Adjutanten, fast ebenso schneidig gekleidet, Schreibbrett in der Hand. Ob er wohl seine Zukunft in dieser lahmen Truppe sähe, bellte es unter dem schwarzen Schirm, und auf seine verneinende Antwort unterschrieb Erich, Hacken zusammen, Schultern vorgeneigt, in der Hüfte eingeknickt, verließ am nächsten Morgen sein Quartier, wurde neu eingekleidet, Reiterhosen, schwarze Stiefel, Koppel mit Totenkopfschloss, war jetzt Mitglied der SS und fuhr mit einem Zug zu seiner neuen Arbeitsstelle.

Nun war das keiner der üblichen Reichsbahnzüge in denen junge Männer gemeinhin fuhren, um eine Beschäftigung auf-zunehmen. Es gab nur einen Waggon mit Abteilen und Sitzen, die anderen waren Güterwaggons, braunes Holz, fensterlos, schwere Eisenbeschläge, die unglaublich stanken, denn in ihnen waren Menschen in einer Weise zusammengepfercht, wie sie niemand einem Tier zugemutet hätte. Diese Züge endeten in einem Lager in einer weiten, schönen, einsamen Heidelandschaft, und die darin reisenden Menschen verließen sie nur, um zu sterben, und Erich Bestmann hatte die Auf-gabe, ihnen dabei auf die Sprünge zu helfen. Er fand rasch Platz und Anerkennung in seinem Lager, zeichnete sich durch herausragende Brutalität aus, wurde befördert und im Appell des Komandanten mehrfach lobend erwähnt. Er hatte es fertiggebracht, einer jungen Mutter ihr Kleinkind zu entreißen, die Frau zu treten und zu schubsen, bis sie weinend zusammenbrach, um dass das winzige, blonde Mädchen mit dem Kopf gegen eine Birke zu schlagen, bis es aufgehört hatte, zu schreien und zu strampeln. Mit der überlegenen Miene des Herrenmenschen, dem solche Tat zustand, hatte er das tote Kind gegen die Mutter geschleudert, sich von der Hüfte an zurückgebogen und wieder vor und hatte herzhaft und laut gelacht, hahaha, denn das Gesicht, berichtete er später seinen Zimmergenossen, die Fratze der jüdischen Mutter wäre unbeschreiblich gewesen. Mehr als ein Jahr ging ins Land. In das Lager war der Alltag eingekehrt, der da hieß, Zug kam an, Menschen aussortiert, die meisten durch Hilfskräfte in die Gaskammer, danach die klebrigen Leichen auseinanderklauben und ab in die Brennkammern des Krematoriums. Einige Kinder und Weiber, wenige Männer, waren für die Versuche der medizinischen Abteilung bestimmt. Eigentlich war der SS-Mann Erich ganz zufrieden mit seinem Los. Quälen und treten durfte er, das war sogar erwünscht, der Sold stimmte, er hatte freie Unterkunft und Verpflegung, konnte so manche harte Mark nach Goldap schicken, um seine Familie zu unterstützen, und weitere Interessen hatte er nicht. Die Kameradschaft in der Baracke und die Aufgaben, mit denen er befasst war, genügten ihm völlig. Manchmal überkam ihn eine seltsame Lust. Dann riss er unvermittelt einer jungen Jüdin Rock und Schlüpfer herunter, präsentierte sie den allgemeinen Blicken, erhaschte selbst verstohlen etwas von der behaarten Weiblichkeit und zerbarst schier vor Lachen. Nur einmal, das wäre er fast vor sexueller Lust entgleist. Das war, als sich ihm ein jugendlicher Häftling, fast ein Knabe noch, hinter der Latrine anbot gegen Hafterleichterung. Der zog sich die Hose hinunter über das immer noch pralle Gesäß, drehte ihm sein steifes Glied zu, grinste und schaute ihn unverschämt an. Innerhalb von Sekunden explodierte etwas in Erichs Unterleib, hatte er das Gefühl, ohnmächtig hinsinken zu müssen, schwoll es schmerzhaft an unter seiner Uniform. Aber er hatte sich rasch wieder in der Gewalt, trat den wirklich hübschen Jungen in den Hintern, sodass der auf die Erde fiel und zu weinen anfing. Noch einmal trat Erich nach, in das Gesicht, gegen den Schwanz und wieder in das runde Gesäß, bis die Qual in seiner Hose nachgelassen hatte.

Im Frühjahr des folgenden Jahres wurde Erich Bestmann anlässlich eines Morgenappells vor allen Kameraden zum Hauptscharführer befördert und mit dem Auftrag ausgestattet, nach Nordhausen zu reisen in das Lager Dora Mittelbau, in dem die neue Wunderwaffe des Führers von Häftlingen gefertigt werden sollte. Es war ein wunderbarer Arbeitsplatz, ein wenig außerhalb der Stadt, wo die Kreidestollen in sanften Hügeln zum Harzvorland überleiteten. Die Baracken waren um einen zentralen Platz und einen künstlichen Feuerlöschteich gruppiert, nicht gar so eng, wie er es gewohnt war. Das Krematorium lag einige Hundert Schritte hügelan, war also nicht im täglichen Blickfeld. Die Arbeit der Häftlinge war ausgezeichnet durchorganisiert und wurde von Mithäftlingen beaufsichtigt, die auch viel von der lästigen Schreibarbeit übernommen hatten, die Totenliste zum Beispiel, die sehr sorgsam und gewissenhaft geführt wurde. Mit nachlässigen oder zu schwachen Gefangenen wurde nicht lange gefackelt, die reisten früher als sie gedacht hatten in die ewigen Jagdgründe. Es war die schönste Zeit in Erich Bestmanns leben. Die Ernährung für die Wachtruppe war für Kriegszeiten außerordentlich gut, dafür hatten wohl die beteiligten Generale, Wissenschaftler und Kommunalpolitiker gesorgt, denen das Lager ein großes Anliegen war. Es gab sogar ein Bordell in

Steinwurfweite vom Krematorium. Das war nicht besonders groß. Aber die Frauen dort taten alles, was gewünscht wurde, denn sie kämpften um ihr bisschen Leben. Erich wurde zum Mann und schließlich zum Dauergast, lernte dies und das und schien eine Zeit lang sogar ein wenig nachzulassen in seiner maßlosen Härte gegenüber den Schwachen. Bis ein Sommertag anbrach, der war, als hätte ein genialer Maler eine Palette voller Wohlfühlfarben aufgelegt.

Die Bienen summten, Vögel zwitscherten in den Birken, die SS-Leute lachten und scherzten, und einige französische Gefangene sangen gar. Nur kurz trat Stille ein, als der Kommandant vor der versammelten Mannschaft aus Aufsehern und Gefangenen läppische fünf Namen von Männern verlas, die anzutreten hatten, damit sie öffentlich gehenkt werden konnten. Es hätten durchaus mehr sein können, wie es an anderen Tagen durchaus üblich war. Dann marschierten sie los, Arbeitsgerät geschultert. Manchmal zog ein Bewacher einem Häftling eins über, wenn der strauchelte oder hustete, aber er tat es fast freundschaftlich an diesem wunderbaren Tag. Einen Moment nur blieb Erich vor dem Stollen stehen, um etwas zum Nachbarstollen hinüberzurufen, während die Elendsgestalten in Zweierreihen einzogen, um ihre Arbeit aufzunehmen, für die sie bestimmt waren, die Belgier, Franzosen, Jugoslawen, Holländer und politisch verdächtige Deutsche, einen kurzen Augenblick zögerte der schneidige Hauptscharführer mit dem brutalen Gesicht, und schon hatte sich eine dieser unnützen Kreaturen, wie er sie sah, in einen Spind verkrochen, um sich vor der Arbeit zu drücken. Aber nicht mit Erich. Der ging mit festem Schritt hinterher, ließ Haltung annehmen und abzählen. Und da fehlte einer. Bestmann schaute um sich, unter die Loren, hinter die Vorsprünge, schließlich in den Spind. Dort kauerte zitternd ein

junger Mann, der nicht älter als 16 Jahre war. Ruhig und überlegen griff der SS-Mann hinein, zog den Knaben an seiner rot-
weiß-gestreiften Sträflingskleidung hervor, langsam, behutsam,
fast zärtlich, lehnte ihn gegen eine Kreidewand und schlug ihm
mit der Handkante unter die Nase, mit aller Kraft und so
schnell, dass der Junge zusammenbrach, bevor er denken oder
gar abwehren konnte. Dieser Schlag war die Spezialität des
Mannes, den alle Häftlinge Stollenschreck nannten.
Vermutlich war der Geschlagene tot, als er auf dem Boden
aufschlug. Doch Erich ging auf Nummer sicher, zog seinen
elastischen Knüppel aus der Koppel und drosch los, schlug
minutenlang und erbarmungslos, bis nur noch ein Klumpen
Fleisch vor ihm lag. Er wischte sich mit dem Handrücken über
Mund und Nase, schnaufte vernehmlich, schob die Uniform-
mütze zurück und blickte ungläubig auf. Einer der Holländer
hatte einen Pickel erhoben und ließ ihn mit aller Kraft auf
seinen Kopf niedersausen. Dass dieses nicht Recht wäre,
zuckte durch seine Gedanken, dass ein Untermensch so etwas
einfach nicht tun dürfte, flackerte in seinem sterbenden Hirn
und dann Unzusammenhängendes wie „treten zum Beten",
und er war plötzlich so tot, wie alle seine Opfer, ob Menschen
oder Tiere.

Der Gast schwieg und schaute mich an, hatte Tränen in den
Augen, wollte sie nicht zeigen, wischte sie fort mit dem Ärmel.
Dann stand er auf, ich erhob mich mit ihm, er zog mich an
seine Brust und ich ließ ihn gewähren, drückte ihn an mich in
freundschaftlicher Bruderschaft. Unvermittelt ging er fort, und
ich habe ihn an diesem Tag nicht wieder gesehen, auch zu dem
guten Abendessen im Refektorium kam er nicht. Für
Sentimentalitäten habe ich keinen Raum in meinem strengen
Klosteralltag, aber er war mir in den Gesprächen doch zu
einem wichtigen Freund geworden. Bereits am nächsten Tag,

als ich allein auf der Bank vor dem Rosengarten Platz nahm, vermisste ich ihn und begann zu grübeln, ob er mir wohl etwas übel genommen hätte oder war sonst geschehen wäre, als ich ihn über den Sandweg von der Basilika her auf mich zukommen sah. Er hatte ein kleines Bündel in der Hand und strahlte über das ganze, liebe, runde Gesicht. Ich erhob mich, streifte die Kapuze über und ging auf ihn zu. Er streckte mir das Mitbringsel entgegen, das ich als einen beigen Umschlag erkannte, in dem sich etwas Schweres befinden mochte. Bevor ich etwas sagen konnte, legte er den Finger auf die Lippen und begann, zu erklären, dass er mir eine Freude durch ein selbst gefertigtes Geschenk machen wollte. Ich nahm es an, dankte und schritt rasch zur Basilika, wo ich es ablegte, denn die Glocken riefen zur Hore. Als wir Mönche aus dem Refektorium kamen, nach Mahl und Andacht, hatte ich zum ersten Mal Gelegenheit, das Geschenk näher zu betrachten.

Der Umschlag enthält einen dicken Packen maschinen-beschriebenen Papieres. Auf dem Paket steht mit feiner Schrift „Liebesbriefe" und darunter „Die wahre Liebe hat Gott zu gelten". Alle Erzählungen, die wir ausgetauscht hatten, sind säuberlich dort niedergeschrieben. Wir haben uns noch einige Male gesehen, unter anderem in den Gottesdiensten, zu den Mahlzeiten und im Apfelgarten. Geschichten ausgetauscht haben wir nicht mehr, denn es war wohl alles gesagt.